梅棹忠夫［編著］

新装版

日本の未来へ

司馬遼太郎との対話

臨川書店

司馬遼太郎、梅棹忠夫
1978年4月28日　ホテルプラザにて

『月刊みんぱく』1978年9月号
「大阪学問の浮き沈み」対談　収録風景

千里文化財団提供

＊本書は、二〇〇〇年にＮＨＫ出版より刊行された初版の内容に「新装版解説」を加えて再刊するものです。初版奥付の主要記事は以下の通りです。

発行　二〇〇〇（平成一二）年六月三〇日
編著者　梅棹忠夫
発行所　日本放送出版協会（ＮＨＫ出版）

＊新装版にあたっては、初版本文中の明らかな誤記を訂正するとともに、部分的に体裁を改めました。なお、今日の人権意識に照らして不適切と思われる語句が本文中に一部含まれていますが、時代背景や著作の価値に鑑み、原文のままとしました。

まえがき

司馬遼太郎はわたしの三〇年来の友人である。かれとは、たびたびともに飲み、ともにかたりあった。そのこころよい記憶をわたしはおもいかえしてたのしんでいる。それらのかたりあいのおおくは私的なおしゃべりではなく、新聞や雑誌での対談として、のちに活字になって公表されたものである。しかし、かれとの対話でひとつの本をつくろうという発想は、わたしにはなかった。そんなに数おおくいっしょに仕事をしたという実感が、どうしたわけかなかったからである。

ところが、日本放送出版協会の道川文夫氏が、司馬遼太郎との対談集をださないかといってこられた。道川氏がしらべあげたリストをみると、おどろいたことには、わたしは司馬遼太郎と七回も対談をしているのである。そのほか、かれがわたしのために書いてくれた推薦文や手紙と、かれの死後にわたしがかたった回想文などをあつめると、じゅうぶんに一冊の本になるほどの分量があることがわかった。かれとの交友をなつかしみつつ、それを記念するために、わたしはこの本をつくる決心をした。

この本をあむにあたって、米山俊直氏、松原正毅氏のおふたりから長文のコメントをいただいた。米山氏は、生前の司馬氏とは交友関係はなかったようだが、司馬作品の愛読者として、そのほとんどのものを読まれているようである。松原氏は司馬氏と三度にわたって中国旅行をともにした。司馬遼太郎からわたしが直接に聞いたところによると、かれは松原氏の学識と人物にふかく感動したということであった。かれの生前の信望にこたえるかのように、松原氏はあたらしくできた司馬遼太郎記念財団の監事に就任している。わたし自身もその評議員である。

本来ならば、このような書物は司馬・梅棹の共編として出すべきはずのものであるが、かれはすでにこの世になく、共同作業というわけにはゆかないので、わたしの編著とした。対談のなかでのふたりの発言も、かれの対談集に載録されているものはそれを底本とした。わたしが勝手に司馬発言に手をいれることができないからである。

司馬氏からの私信の掲載をご許可くださった夫人の福田みどりさんにあつく御礼をもうしあげたい。また、司馬氏についてのインタビューや対談の転載をご許可くださった関係各社に御礼もうしあげる。

この本は、さきにのべたとおり、日本放送出版協会の道川文夫氏の主導によるものである。発行までには、道川氏と編集の田中美穂氏には全面的にお世話になった。しるして謝意を表する。

二〇〇〇年五月

梅棹忠夫

目次

◎各章の解説は梅棹忠夫による

第Ⅰ部　司馬遼太郎から梅棹忠夫へ

司馬遼太郎

司馬遼太郎の手紙

解説

一九八六年三月一二日、わたしは突然に両眼の視力をうしなって、大阪大学医学部附属病院に入院した。七カ月の病院生活をおくったが、視力は回復せぬままに、一〇月五日に退院した。まもなく、一〇月二七日づけで司馬遼太郎から手紙をもらった。夫人のみどりさんの許諾をえて、その手紙をここにかかげる。

このほか、司馬遼太郎からはたくさんの手紙をもらっているが、どれも心のこもったものであった。日ごろは、ごくちいさい字をかくひとなのだが、なかには、わたしの目のことを案じて、おおきな字でかいたものもある。それでもわたしには見えなかったが、わたしはかれの心くばりをたいへんありがたいとおもった。

毎日、大兄の病状が、ふと思うのです。そのくせ、手紙を書くことが憚られて、よくなられたときに御様子を伺いに参ろうとおもいつつ、日をすごしています。

大変だろうと思います。目のことばかりは、なぐさめようもありません。ただ湯浅叡子さんから、〝新しい思想が、ふきだすように芽生えてきていらっしゃるように思えます〟

ということをきき、せめてものうれしさを覚えました。晴眼状態にある者たちの思わざる思考の多色性や集中が、大兄の世界にあるようにも思えるのです。

むかし舟橋聖一氏とばったり会い、

「娘婿をつれてストリップ劇場に行っている」

ときいて、感動しました。横の娘婿に、

「ぬいだか」

と、きくのだそうです。

「まだです」

と、娘婿がいうと、しばらくだまっています。一つの世界が、醸し出されるようで、やがて、舟橋氏が勝手に構成したそのくだりにくると、ぬいだか、ときくのだそうです。「まだです」というと、この作劇術はつまらん、といったりするそうで、じつに深い世界をつくっていたようでした。

やはり故人ですが、昭和四十一年に日本共産党をくびになったぬやま・ひろし氏（西沢隆二《タカジ》氏）が、七十をすぎて、やがて明《めい》をうしなうだろう、と医師から予告されました。このひとは舟橋とちがって、想像の世界が構築できない人ですから、読書という受容の世界を自分で予定しました。文学座の研究生かなにかの女の子で、声のきれいな子を二人やとって、定期的に本を朗読させるというのです。

〝その日が、心から楽しみだ〟

といっていました。ヤセ我慢でない、じつにあかるい声で、そのことを言いました。ただし、かれは明《めい》をうしなう前に世を去りました。


小生も、自分が失明したときのことを考えています。いままで書いたものや、書こうとしていることをいっさいやめて、どこにも発表しない空想的なみじかい話を、自分でテープにとって楽しもうと思っています。原稿用紙五枚ぐらいの長さが、（つまり朗読して五分間が）頭の中での思考の限度だと思っていますす。それ以上になると、論理の整合がうまくゆかないだろうと思うからです。それだけに原稿五枚という世界は、ガラスの破片のようにするどくもなると思っています。これは、想像です。

禅のことばに――たれのことばだったか、いまだに知らないのですが――石上花ヲ栽《う》エテ後《のち》、生涯自《おのずか》ラ是《これ》春――ということばがあります。

石上に本来、植物は育ちません。しかし植える人が植えれば、根づくと思います。なしがたきことをしたあと――つまり悟りをひらいたあとという意味だと思いますが、――もはや生涯はごく自然に春だということです。

大兄は、春の中にあります。

その春を、もっとすばらしい春にしていただければ、まわりのわれ〳〵はどんなにうれしいか、と思うのです。

大兄なら、きっとすばらしい春になさるでしょう。
いずれ、御面晤をえたときに。

十月二十七日

司馬遼太郎

梅棹忠夫様

大きな幸福——梅棹学について

解説

「梅棹忠夫著作集」は、全一五巻別巻一の予定で一九八九年一〇月から刊行が開始された。出版元の中央公論社では、刊行にさきだって同年七月に「著作集」の内容見本を作成し、配布した。そこに司馬遼太郎をはじめ、中根千枝、林雄二郎の各氏から推薦のことばをいただいた。ここにかかげたのは、司馬氏の推薦のことばである（註）。

この「著作集」は、その後さらに七巻の増巻が決定され、一九九二年二月に一五巻の刊行が終了したのち、その年の六月から増巻分の刊行がはじまった。中央公論社では増巻分の刊行開始にさきだち、同年五月に、あらためて「梅棹忠夫著作集」（全二二巻　別巻一）の内容見本を作成し、配布した。推薦のことばもそのままおさめられた。

「著作集」は一九九四年六月に全巻完結した。中央公論社はそのおりにも内容見本を作成した。そのなかみは増巻時に作成したものとおなじである。

（註）司馬遼太郎（著）「大きな幸福――『梅棹忠夫著作集』を推す」『梅棹忠夫著作集（全一五巻　別巻一）』（内容見本）三―四ページ　一九八九年七月　中央公論社

梅棹忠夫の思考力が精妙な密度を構成しつつひろがってゆくとき、他分野との際限というものは消滅してゆく。ついにその視野は地球をおおうのだが、もともとは動物学の学究だった。

昭和一〇年代の若い時期、内モンゴルの野外で遊牧研究をしたとき、梅棹学は、第一次のひろがりを遂げた。

その地では、ひとびとは遊牧をしている。動物の生態の中に入り、寄生しているのである。遊牧というのは、その合理主義的技術を身につけることで、たれでもそれに参加できる。〝たれでも〟という意味において、遊牧は普遍的であり、堂々たる文明であると梅棹は考える。

農業であれ遊牧であれ、そこに領域がある以上、確執や盛衰を生む。それが、歴史になる。梅棹は、遊牧だけでなく、それと隣りあわせの狩猟世界にも目をむけ、それらの生態だけでなく、歴史を見、また象徴としての人物群にも考察を加えた。たとえば清朝の草創期、狩猟民族の汗だったホンタイジという地味な名前についてさえ、かれがその人物に肉体を帯びさせて語るのをきいて驚いたことがある。

ともかくも、ひとびとのくらしを生物学的にとらえつつ、同時に梅棹以外が感じようのない荘厳さ（人文主義という概念もこの前では小さい）をそこに加えるのである。その荘厳の感覚こそ梅棹の思惟の粒子をじつにこまかくしてゆく微妙な酵素作用をもつものであるらしい。

人は文明だけでなく、文化をもつ。文化というものの晦渋さや奇怪さ、あるいは陶酔性への理解と愛こそ、梅棹という大きな脳が、右の第二期の展開以後、思考の栄養物としてきたものである。

梅棹は、学問と思想のあいだを時々刻々に往復してきた。このような思想家を、私どもが生きている時代に得たというのは、大きな幸福の一つである。

第Ⅱ部　民族と国家、そして文明

司馬遼太郎・梅棹忠夫

21世紀の危機——少数者の反乱が地球をおおう

解説

一九八三年二月、講談社の月刊雑誌『現代』編集部から司馬遼太郎との対談の依頼があり、わたしはそれに応じた。編集部の提案では、主題は日本史のなかの人物論、あるいは教育論ではどうかということであったが、司馬氏とのはなしあいの結果、民族ないしは国家について議論しようということになった。同年四月一一日、大阪で速記をとり、同誌の六月号にその対談は掲載された（註1）。

この対談は、司馬遼太郎の死後に刊行された『司馬遼太郎』（「群像　日本の作家」三〇）に載録された（註2）。

文中、発言者として「——」でしめされているのは、編集部の発言である。

（註1）梅棹忠夫、司馬遼太郎（著）「21世紀の危機——〝少数者〟の反乱が地球をおおう」『現代』六月号　第一七巻第六号　一八四—一九四ページ　一九八三年六月　講談社

（註2）梅棹忠夫、司馬遼太郎（著）「21世紀の危機——〝少数者〟の反乱が地球をおおう」『司馬遼太郎』（「群像　日本の作家」三〇）二八六—二九六ページ　一九九八年七月　小学館

バスク独立運動の背景

司馬――若いころから少数民族が気になるたちで……。梅棹さんもご存じのバスク、ながい念願だったのですが、昨年（一九八二）の秋、出かけていって、ピレネー山脈にまたがっているあの地域に行きました。フランス側とスペイン側と両方に。昔から少数民族が無意味に好きだというだけのことで、さほど理由もないんですが。あのバスク語というのは、ピレネーの山の中のお爺さん、お婆さんがしゃべっているだけで、かつて記録されたことのない言葉ですね。それがいま記録される言葉に変わりつつある。

梅棹――わたしがバスクにいたのは一九六七年ですが、そのときはバスク語はいくつもの方言に分裂していました。最近、バスク共通語の文章語を作ったんです。えらいもんですよ。バスク人といわれているのがほぼ二〇〇万人で、そのうちバスク語を話すのが七、八十万人です。残りは皆、あとで習得するんです。本当に少数民族です。

司馬――バスク語は言語孤島で、どこから来たかということは、日本語と類似しているという珍説まで含めて、さまざまあったのですが、最近は「昔からここにいた」ということを言いはじめましたな、地元では（笑）。バスクの博物館長さんも、大統領さんも、口を揃えてそう言います。スペイン北部のアルタミラに洞窟があるだろう、あそこに旧石器時代の絵――人類最古の壁画――があるだろう、あれもおそらくわれわれの先祖が書いたものだと。それは建国神話というほどにはいかないですけど、「自分たちだけで固まりたい」という欲求が出てきている。いまは自治を認められているスペイン内の一つの国ですが、ECにも加わりたいと。

梅棹――EC連合の中の一単位としてのバスク共和国ということを考えているわけです。

司馬――ECのような大規模の広域性は認めるわけです。ところが、スペイン程度の近代国家的な広域社会は認めない。非常に意外だったのは、フランス革命の否定なんです。あれで広域国家ができて、いわゆる近代が始まった。それ以前は、われわれはスペインやフランスに王様がいるとも知らんかった(笑)。税金も取られなかったし、窮屈な法律で縛られることもなく自由な民であったと。事実、二〇世紀初頭までそうでしたけれど。

梅棹――フランシスコ・ザビエル(Francisco de Xavier 一五〇六～五二)、イグナティウス・デ・ロヨラ(Ignatius de Loyola 一四九一～一五五六)、これらは皆バスクの人ですよ。

司馬――神戸中山手カトリック教会のムジカ神父さんは、フランス側のバスクの生まれです。まだ六〇歳なんですけど、サン・セバスチャンというどんな世界地図にも出ている有名な町を知らなかったというんですね。どの町にもバスク名があって、その地名でしか自分たちは認識していなかったと。バスクの土地なのにサン・セバスチャンというスペイン名前が付いているのは不愉快なんですね。その人は「敵の言葉」というんですよ。敵とは何かというとフランコ総統(一八九二～一九七五)なんです。それまでは、バスク人はローマが来ても逃げていた。いつ、いかなる権力にも逃げておったのに、フランコが完全国家主義をやったでしょう。「バスク語は使うな、スペイン語を使え、お前たちはスペイン人なんだ」とやられたときからバスク独立運動が始まるわけですから。穏やかな神父さんでさえ「敵」という言葉を使うわけですから、これ、少数者というものは何だろうという感慨が深くなってしまう。

国家誕生と同時に発生した

梅棹――まあ少数者というのは二一世紀の人類の大問題でして、これを一体、われわれは何かの知恵でさばけるのかどうか。わたしはいまのところちょっと見込みないなと思っています。少数者というのは昔からあったのではなくて、近代に出てくるんです。それまではあらへんのです。つまり、国家あるいは帝国が出現してナショナリズムが地球をおおったとたんに少数者の問題が発生したんです。これは厄介でっせ。

司馬――人間が社会を組むことによって作りだした最も厄介なものかもしれません。

梅棹――世界中にいろんな問題がありますが、共通して大きな問題の一つは宗教の違いですね。もう一つはやはり言語ですわ。言葉が通じんというのは、やはり具合悪いです。容喙《ようかい》せずに放っとけばそれはそれでいくんですけれども、やはり国家が成立すると放っとけんようになって手を出す。税金を取らんならんし、いろいろ管理せんならんでしょう。管理をすれば必ず少数者の問題が出てくるわけですよ。

司馬――出てきますな。ベトナム人の場合でいえば、中ぐらいの少数者でカンボジア人という、あまり組織的な社会を作るのが上手でない人たちをバカにしますな。もっと端的にいえば、ベトナム人は、自分たちが利口《クレバー》だという選民意識をもちすぎている。

梅棹――カンボジア人、ラオス人に対するベトナム人の差別はもの凄いです。

司馬――利口と利口でないという価値意識が強すぎて、華僑にはコンプレックスをもっていながら、カンボジア人、ラオス人をじつに見下げている。

梅棹――今日でもその問題はずっと尾を引いている。一方で、もうちょっと西の方に行きますと、今度はタイという強力な民族が出てくる。タイとベトナムという二大強力民族に挟まれてカンボジア人(クメール人)とラオ人というものは惨憺たる運命に遭っているわけですよ。その前にチャム・パ(占城国)があります。ベトナムはチャムも徹底的に潰したんです。

司馬――それはすり潰すような潰し方でしょう。これが二〇〇年とか、そんな前のことですからね。近代前後になってあれだけ征服に伴う残虐なことをやったのはベトナムですね。

梅棹――ベトナムはきついです。だから逆にあれだけの抵抗力があるんです。漢軍の侵入に対しても、フランス、アメリカにも抵抗した。

チンギス・ハーンはタブー

――中国では少数民族の問題というのはいかがですか。

梅棹――いまのところ、わりに上手にいってます。

司馬――一番うまいんじゃないですか。中国人の場合は心のどこかで自分たちの血液も文明も、周辺の少数民族の数千年間の浸透というか、雪崩《なだれ》こみによってでき上がった、いろんな文化のるつぼの中に入って文明ができたんだと思うところがあるから、まだいいわけでしょうな。むろん中華思想というのは周辺の民族文化を野蛮視する思想ですが、人種論は少ない。ベトナム人がラオス人を馬鹿にするような異様な、神秘的とさえ言えるような馬鹿の仕方はまずなかった。

梅棹――まあ、微妙なとこですな。われわれが行っても、中国の人はやはり少数民族が来たと見るのでしょうね。

司馬――人種論より文明論的なとらえ方が伝統的にあったように思います。もっとも、卑下はある。ある中国の女流作家が私に「自分には、お婆さんの代でミャオ（苗）族の血が入っていた。それを今日、初めて話した」と微妙な表情でいった人もあります。やはり、ちょっと具合が悪いと。

梅棹――ミャオ族といえば、これは昔から〝ノーズロース〟という連想があるわけですよ。ミャオ族の女は、漢族のズボンと違って、スカートですから。それで、貞操観念のない連中だという観念が、漢民族の中にあるんです。

――昔の歴史地図を見ると広大な地域にウイグルと書いてありましたが、ウイグル族などは過去の栄光に感慨などはないのでしょうか？

梅棹――民族主義というのは、そこは微妙なところがありまして、これは司馬さんの本（『街道をゆく』モンゴル紀行）にも出てきたと思いますが、モンゴルではチンギス・ハーンはタブーなんです。大モンゴル主義は困る。それは厳然としてモンゴル人民共和国という政府が存在し、しかもソ連邦というものとの密接な歴史的・政治的・経済的関係がありますから、その枠からはみ出すわけにはいかん。内蒙古も満州蒙古もブリヤートモンゴルもオイラートも入れて大モンゴル帝国というようなことを言ったらバチャンとやられる（笑）。

司馬――領土の何割かを取られてしまうから中国も困る。

世界冷や飯組の蜂起

梅棹――国家というものが地球上に張りめぐらされてしまって、そのためにけったいなことがいっぱい起こっているわけです。文明が成立して、そこで少数者というのが出現した。世界中がいまそういう構造になっておるんです。なんぼでもその細分化が進行していく、挙げ句の果てにどうなるのやろか？　これ、どない思わはります？

司馬――なんぼでも進行していく実例を挙げて下さい。

梅棹――たとえば、アフリカで多数の独立国が出現した。そのとき必ずリーディングの民族がおって、それ以外のちいさい民族はみな少数者になるんですわ。ヨーロッパでもバスクの例もありますし、ちょっと種類は違うけれどもアイルランドの問題みたいなものが出てくる。独立国家が成立すると、その政府の中でリーディングな部族、民族以外は必ずアウトになるわけですね。そうするとそこで広い意味での差別が始まる。経済的にも政治的にも〝冷や飯〟を食わされるわけですよ。いろいろなトラブルがそこへ起こってくるわけです。だいたい、わたしは二〇世紀のこれから後と二一世紀にかけては「トラブルの時代」と見ますね。教育が進み、医療・衛生が進むと、長生きして皆、賢うなりよる。人口も増える、ということは文明そのものが実は少数者を次々と作り出すんです。いま中国やソ連は社会主義というある種の普遍原理で救うているような格好になってますけれども、それはどうなるかわからんですよ。普遍主義でもって世界中の人類をまとめていこうということは、わたしはできないと思っているわけです。

司馬――たとえばオートバイ工場にアフリカ人が入って、いいエンジニアになったとしても、これは普遍になるやろか？「俺はスパナ一本持ってたら、どこでも行けるんだ」ということは普遍になりにくいですね。

梅棹――日本の技術者なんかは、かなりそういう普遍主義の段階に入ったわけです。どこでも通用するようになったわけですね。ある程度それはできた。しかし、全人類がそれで徹底的にいけるかというと、そういうわけじゃない。日本のようなものすごい高度の普遍性を獲得した国家でなければ、それはできないです。逆にいえば、そこが日本の泣きどころでして、少数者問題におそろしく鈍感なところがある。

人間の分類感覚

司馬――日本の歴史の中では、稲作が普遍性だったと思うんです。だから稲作に参加しないたとえば越後の渟足《ぬたり》の柵《き》から東の連中は「夷」の扱いを受ける。しかし、稲作に参加すれば「夷」の文字は消える。大和朝廷が非常に凄惨な征服戦をやった記録や伝承はないわけで、古代伝承の中にある四道将《しどう》軍の活動などもほとんど「稲作の勧め」みたいなものでしょう。稲作には稲作儀礼も伴うし、暮らしの倫理もセットになってますから、それが普及したら大和朝廷はご安泰、何となくニコニコという意味の普遍性だった。思想的なカトリックとか、儒教とかいうものとは非常に違うと思うんです。そのカトリックももう力がないわけで、マルキシズムも力がない。本当に梅棹さんのおっしゃるように普遍性という強力なカードがなくなった。

梅棹――ほんと、どないなりますかね？

司馬――日本にも多少の少数者の問題はあるんですけれども、アルメニアとかアイルランドとかの激烈な問題が起こってくる。「いったい、なんでこんなに激烈になんのやろ？」というのが分かり難いですね。歴史的には分かりますよ、アイルランドなど一〇〇〇年も搾取され続けたということがありますから。

梅棹――それは、人間の深い悲しみがあるんですね。差別されて、たたかれて、いじめられて、本当に酷いことが起こってきたわけですから。これは現代民主主義社会が育てたんだと思いますけれども、教育が進み、経済的にも政治的にも多少の力がついてくると、自己主張が出てくる。少数者が泣き寝入りしなくなったことが大きいんですよ。皆が主張を始めると普遍に行かないんですね。「特殊」を「普遍」にぶつけるわけですわ。ベトナムならベトナムの普遍の中でモイ族の自己主張がある、ミャオ族はミャオ族であるという主張が出てくる。というのは、人間における分類感覚みたいなものがありまして、これが具合悪い。差別の基本原理です。人間を何かの特徴で分けてしまうんです。それでレッテルを貼る。

司馬——幼児期から少年期になるとき、小学校へ入りますね。他のクラスは異民族に見える心理的経験は誰にでもありますね。分類感覚というのは、やや知恵が出始めたころに、すでに付属して出てくるものらしい。

梅棹——これはわたしの「知的生産の技術」に飛びますけれども（笑）、いつも言うているのは「分類をしなさんな」ということです。要するにカードをいっぱい作って、それを分類したらおしまいになりまっせ、と。人間もそうだと思うんです。およそ非分類的な組み合せの中から何かが出てくる。ただ、「分類をしない」ということになると、枠をとっ払ってしまって、全部同じだという、中国の四人組みたいな原理に短絡する恐れがありますが。

司馬——四人組の思想は社会主義という新文明が成立した以上、非合理なる文化などはあり得ないし、存在させてはいけないと。

梅棹——ないという思想です。ところが現実には迫害を受ける少数者がワーッと出て、まことに具合が悪くなった。だから、大枠においてカルチュア、伝統があるということは認めざるを得ないけれども、同時にそのカルチュアのレッテルをペッタンと個人に貼りつけちゃいかんということです。中にはいろんな奴がおるんだということですね。ですが、わたしは人間は当分、その分類原理から脱却できないと思います。それどころか世界中でますます分類主義が出てくる。

文化が少数者を生む

司馬――いまは日本の中で分類しようがないから、出身校でお互いを認識し合おうというところがあるでしょう。あれはカルチュアを伴わないから粗末なお遊び分類なのかな?

梅棹――現代の世相の中に民族学的な用語が相当、浸透してきたなと思うのは、「竹の子族」とか何とか族が非常にたくさん出現したことですね。

司馬――カニ族、深夜族、夕暮れ族……わざわざ自分を少数者として人工的に作り上げてある種の感情を共有し合うというのは、やっぱり一つの本能なのかな?

梅棹――たとえば、カトリック教団というものは、そういうものをすべて乗り越えるはずであったわけですよね。

司馬――カトリックという普遍は、ずいぶん個々の固有文化との調節を相当うまくやってきたようでもありますが、乗り越えたとはとてもいえない。

梅棹――必ずしもうまくいかなかった。それは共産主義も同様だと思うんです。つまり、「神」と「自己」が直結して、そういう一切の枠ぐみは外れるはずであった。実際にはうまく外れなかったというのが人間の悲しいところですな。わたしは分かりませんねん、少数者の運命というのが。全体というものと一人ひとりの人間とを結びつける絆がいまないんですよ。少数あるいは多数の集団による自己主張というものは、なんぼでも再生産される。

――普遍と個、全体と個を結びつけるものが出てくる可能性は？

司馬――一つは地球の危機とか、小規模でいうとペルシャ湾に原油が流れて沿岸諸国が非常に困るとか、幾何でいう補助線が一本引かれると、痛烈なショックの形で普遍の役目みたいなものを意識しますね。

梅棹――差別の問題、少数者の問題というのは、意識的な克服の意志というものがどうしても要ると思うんです。うまくいくかどうかわかりませんが、「とにかくそういうことを人間は克服せんならんのや」という共通の認識がまずないといかん。これは理屈と違いますからね。人間の一番いやなところに触ることですから難しいですよ。わたしは二一世紀前半くらいまでは、まああかんなと思っております。

司馬――厄介ですねえ。

梅棹――差別、少数者の問題は、違う文化、つまり自分が生まれ育った環境や風俗習慣、物の考え方と違うやつは全部悪いと思う。おかしいと思う。異端なるものと思う。基本的にはそういうことなんです。文化というのは要するに、「全部、自分が正しくて、ほかのやつは全部いかん」ということを教えるんです。

「日本人はけったいな奴や」

司馬――梅棹さんのところの地域同人雑誌である『千里眼』にも、どなたか書いていましたね。日本人の顔の洗い方は特殊ですね。両手を上下に動かす。中国人は顔を動かす。で、他の連中は何々を動かす。青春時代に仲良くなった東南アジア系の人が日本人から見て、非常に下品な顔の洗い方をした。ところが、あとになってその人ともう一度話をしたところ、逆に「あなたを品のいい日本人だと思っていたが、あの洗い方は嫌だった」と（笑）。つまり、顔の洗い方一つで目の前が真っ暗になるほど相手を否定したくなる。中国のマナーでは、およばれに行って、こぼしたりエビのしっぽをパッと床に吐き出したりすることが、盛大に食べているということで、主人に対する礼儀にもなる。だけど、それも中国人が多数民族だから、われわれも一所懸命に解釈しようとするわけです。しかし、もし中国人が少数民族だとしたら、もうそれ一点で存在まで消し去られるおそれがありますね。

梅棹——世界的に見たら、日本民族も必ずしも多数民族ではないですから、非常に特殊な習慣をもった「けったいな奴や」という見方が定着しているんですね。

司馬——それは濃厚でしょうなあ。握手しながら頭下げたりね、降参しているみたいな格好でね（笑）。

——日本を東南アジアでも特殊な文化国家に仕立てた条件はなんでしょう?

司馬——それはやはり、稲作というものの儀礼と倫理観、それと人付き合いのマナーが室町期で整理されて小笠原礼式が集大成されていますね。そうすると、これを持たないものは何となく人に非ずで、小笠原の礼式でさあっと行きましたね。あまり合理的ではなく、わざと煩瑣《はんさ》にしたようなところがありますが、それでもって日本を文化的に統一しようとしたわけですな。それで簡単に片がついたのも、農業といってもほぼ稲作ばかりということと、漁民の発言権が少ないということがあった。農民にも苦労はありますけれど、極端に言うと種をまけば、あとは村のお付き合いをしていれば済む。ところが漁民は農民のようにお行儀よくやっていても魚をとれなくては仕様がないですから、余分なものは落として元気よく生きているわけですね。だけど、その程度の違いで、日本はベースが稲作一つといってもいいから、簡単だったのではないですか。水田百姓が畑百姓をバカにした。畑百姓は畑さえ作っていない鍛冶とか大工をバカにしていた。しかし、それも非常に強いバカの仕方ではないでしょう? 大工だって、法隆寺の大工さんなどは大名なみの官位をもらっている。そうやってすべてが還流しているわけではないが、代表者たちは還流しているものですから、精神的に安定しているものがある。

仏教、キリスト教も部分的普遍

梅棹――差別があり、少数者になると同時に、その守護神をうまく見つければいいんですね。
司馬――守護神の見つけ方はなかなか賢いともいえる。
梅棹――たとえば木地屋。あれは惟喬親王《これたか》(八四四〜九七)という守護神を掲げて、皆、巻物を持っているんですよ。たいてい贋物でしょうがね(笑)。
司馬――木地屋が惟喬親王の祭りをするとき、むしろ農村を睥睨《へいげい》しているという姿勢もあるわけですよね。それから聖徳太子を奉っている職能人もいる。
梅棹――中国にも客家《はっか》という一種の被差別集団がおりますが、プライドはものすごく高い。そして、偉い人がいっぱい出ている。鄧小平《とうしょうへい》、孫文《そんぶん》ね。

司馬――洪秀全、楊秀清、太平天国の乱の指導者ですね。近くは廖承志（中日友好協会会長）さんも。

梅棹――それが「われこそは漢民族の正統」と思っている。それで、ずうっと南下していって、言語や風俗習慣の違う南方の漢民族の中に割り込んでいって特別の集団を作っていった。

司馬――もともと華北にいたわけです。一説では、金という国が興って、それを嫌って南へ行ったというが、伝説でしょう。華北人の南下運動というばくぜんとしたことを考えるほかない。ほぼ共通の客家語を使い、客家風習をもち、けんか早く、近代以前でも女は纏足《てんそく》しなかった。そんな意味で、むしろその辺にいる連中よりは素性がいいんだという誇りがある。

梅棹――ある種の少数者、被圧迫者の心理的代償作用《コンペンセーション》でしょう？　代償作用を何かで起こす。それが守護神である場合もあれば、出自の誇りである場合もある。しかし、だからといって「少数者」対「普遍」の関係は解消しないんです。これから世界はますますそういう入り組んだ構造のものが出てくるわけですね。「普遍」といっても、共産主義とか、仏教、キリスト教というのは超地域的・地球的規模の普遍にならんのです。たいてい部分的普遍なんですね。その部分的普遍の中で、自己の特殊というものを提示せなならん。ようやく提示し終わったら、もうちょっと広い普遍が出てきて、またあかんようになる、それをいま繰り返しているんですね。日本の中に少数者がいる。しかし日本自身が少数者であるという入れ子構造でしょう？　この普遍と特殊の入れ子構造が全世界的に発生している。これは国連とか何とかではうまいこと解消しませんよ。

「世界紛争地図を作ろう」

梅棹――神戸の須磨区と垂水区で昔の摂津と播磨に分かれていて、「一谷を左手に見て出てきた奴にろくなのはおらん」という言い方をする（笑）。

司馬――播州のことですな。宮本武蔵（一五八四？～一六四五）も大石内蔵助（一六五九～一七〇三）も柳田國男（民俗学者　一八七五～一九六二）も播州人なんだけどなあ（笑）。梅棹さんの民博のある千里も摂津ですが、上方《かみがた》では摂津が品がいいとされますなあ。河内というと、品が悪い。それから和泉というと、もう乱暴するものだと（笑）。そういうのがどこかに皆あるんですねえ。

梅棹――「摂津か河内か」と言っている段階はまだよろしいけれど、わたしは世界の未来を憂えているんですよ（笑）。一体どうするんだと。それでわたしが思っているのは一度、世界中の紛争のデータベースを作ってみようということなんです。世界を政治・経済というメスではなしに、「差別」で切ってみようということ。少数者対多数者の軋轢《あつれき》という形で、いろいろなことが出てくる可能性がある。いま世界に局地紛争といわれるものが一〇〇を超えるでしょう。それのトラブル地図をいっぺん作ったらどうか。

司馬――インドの場合、お釈迦さんが出たかと思うと、ほどなく仏教は滅びますね。お釈迦さんのいう平等主義がインド人に合わなかったからでもあるでしょうな。そのあとヒンドゥーは階級差別を組織化して、いままで続いている。それの方がいかにインド人にというより、どこか人間に根差したものだと……。

梅棹——分類癖がある（笑）。

司馬——そこでインド共和国が成立するには、あれほど嫌った英国流でしか、インドという多様な階級社会を統御することができなかった。イギリス流の憲法、議会、イギリス流の教育を受けた官僚を並べるという形でしか、自分の国を統御できない。日本の明治の国内統一も、西洋の法体系を入れることで可能になったわけで、内発的な法思想では国民の成立などはありえなかったでしょう。

梅棹——国家というものが出現して以来、話がややこしくなって……。でも、わたしはまだまだ国家ができると思っているんです。いま一八〇いくつでしょ？ 二五〇くらいじきに行くのではないですか。それが全部、自己主張をはじめるでしょう？ これ、どないします？

——宇宙体験をする人類が増える、あるいはETが来ても？

梅棹——宇宙から何者か、エイリアンがやってきた時にどうするんだというと、これは小松左京さんの小説にも出てくるけれど、結果は熾烈なる国家間闘争ですよ。相手を出し抜いて、いかにエイリアンと仲良くするかというね。そして自分のところは得をしようというのが出てくる。本当に集団の問題は厄介ですよ。

司馬——厄介ですねえ。

梅棹——ちょうど、蟻というのは個体であると同時に蟻の巣という一つの集団の成員である。それを離れたら、たちまち死ぬわけですね。それで、国家にたとえられるような組織を作っている。で、隣の蟻塚の蟻が蜜を求めて木に登っていくと、集団間に熾烈なる闘争が起こるんです。人間も組織化が非常に進んで、そういうことが起こるんですねえ。皆が個人で生きて、流浪の民のようになってしまえば、よほど違う形になるんでしょうけれど、当分はそうもなりそうにない。

司馬――これは結論は出なかったですなあ。喉から出かかってはいるけれど、出すと、もうその場で間違っている感じがする（笑）。

梅棹――エントロピーは増大する一方で秩序の原理は何もない。地球の問題、人類の問題を考えたら「結論のない時代」にわれわれは生きているんですよ。

司馬――いましばらく――一〇〇年、二〇〇年ということになるかもしれないけど――様子をみるか、試行錯誤を重ねて頭を打ち続けていくか、ともかく、大変なことですね。

民族の原像、国家のかたち

解説

一九九二年七月、講談社の月刊雑誌『現代』において、わたしはふたたび司馬遼太郎との対談をおこなった。九年まえの対談では、少数民族の問題がたいへんなことになるとかたりあったが、世界はその予言どおりになってきた。それについて、もういちど、民族および国家をめぐる諸問題を論じようというのが、今回の対談の趣旨であった。対談は七月二七日、大阪で速記をとり、同誌の一〇月号に掲載された（註）。

この対談は、その後、どの対談集にも載録されていない。

（註）梅棹忠夫、司馬遼太郎（著）「民族の原像、国家のかたち」『現代』一〇月号　第二六巻第一〇号　二八―三九ページ　一九九二年一〇月　講談社

少数民族をおびやかしてきた旧ソ連と中国

司馬——民族というのは「われわれ」を共有する集団で、魅力的でもあり、いやらしくもあり、心のやすらぎをあたえるものでもあれば、他の少数民族《エスニック》を大量虐殺する危険な揮発性の高いガス体でもある。ソ連はマルキシズムという人工的な普遍思想によってこのガス体を強権で管理してきましたが、それが崩壊しました。そのあと、世界中で民族紛争が起こっています。以前、たしか九年前にも梅棹さんとこの問題で対談しましたね。そのとき、やがて地球的規模で少数民族の反乱が起こるだろうという話をしましたが、その通りになってきました。それにしても、梅棹さんは何年も前からマルキシズムは崩壊すると言っていたでしょう。あんなこと言ってた人はほかにいません。どうしてああいう予感があったのか、そのへんから話してください。

梅棹——わたしがそれを言いだしたのは一九七八年だったと思います。東ヨーロッパを旅行したんですよ。ユーゴ、ブルガリア、ルーマニア、ハンガリー、チェコと歩いて、これはひょっとしたら、わたしの目の黒いうちに社会主義が全面的に崩壊するのを見ることができるかもしれんと言ったんです。なぜかというと、あのころで、東欧諸国は革命後三〇年以上たってるわけですね。ソ連は六〇年ぐらいたっていた。これがその成果かというぐらいひどいんですよ。いったい、社会主義になって何がよくなったんだ。何十年かかって、たったこれだけのことしか達成できなかったのか。これではだめだと……。

司馬——同じころ日本社会党の代表も東独見学に行っていますが、人間というのはふしぎなものですな、おなじものをみて、このほうはすっかり東独びいきになって、日本は東独のようにやらないかんという新聞記事が出たのを覚えていますよ。

梅棹——バカなことを。何も見えていない。

司馬——ひとつに、招待されてる人と、それから一人の知識人が素足で歩いているのとの違いでしょう。東独では、貧富の差をなくすというただ一つの目的のために、人間の牧場をつくって、その管理のために強大な秘密警察の網をめぐらし、恐怖政治をおこない、公害をそこのけにして、牧場的な工業生産をやっていた。招待されてゆくと、見えにくいでしょうな。

梅棹——こっちは自分の金で行ってますからね（笑）。

司馬——帝国主義を収奪の機構とすれば、ソ連なきあと、それに似た機構をもつ国として中国が残ってますね。むろん、名は社会主義ですが。北京による国内帝国主義でしょう。北京に軍隊を集めておいて、そしてタコみたいに足を延ばして、各省をひっつかまえて、一方、多様な少数民族をおびやかすことによって成立してるわけだから。たとえば西蔵《チベット》民族からみれば、中国はマルクス・レーニン主義の国というよりも、それを看板にした帝国主義でしょう。旧ソ連もそうでしたが。

梅棹——そうなんです。ソ連も中国も、まさにそういう意味での帝国なんです。一八世紀的な帝国の残存物ですよ。そのうちの一つが崩壊して、あと一つだけ帝国の亡霊が残った。

両刃の剣を素手でつかんでいるようなもの

司馬──ただ、中国の場合は、漢民族という、世界でも賢さにおいてきわめてユニークな──この賢さにはむろん悪賢さも含みますが──いわば私的利益を追求するのにほとんど無制限な（公を平然と無視できるような）情熱を持ってる人たちが潜在的にたくさんいる国でしょう。今後、強権国家が終わったあとを考えると、大変でしょうな。少数が乱立し、梟雄《きようゆう》が私党を肥大させ、たがいにあらそって大混乱が起こるだろうということを、恐ろしさとして感じませんか。

梅棹──そりゃ恐ろしいですよ。だから今、十数億の人民を上手に管理してくれているので助かっているんです。これが混乱に入ったら、我々はほんとうに困りますよ。

司馬──もし地続きなら一億人はひとたまりもなく日本に来るでしょう。西ヨーロッパ人がソ連の崩壊に怯えたのと同じことが起こるでしょうね。今現在、地球はナポレオン以来の国民国家が続いてるわけですけども、これは要するにその地域ごとの指導的な民族による民族主義国家ですね。たとえば、スペインあるいはフランスにおいては、バスクという少数民族は割りを食う形になる。民族というものは、非常にすばらしいものであると同時に、恐ろしいものでもある。両刃の剣を素手でつかんでるようなもので、ひとたびファナティックになった場合には大変です。

梅棹──しかも簡単にそうなるので困る。

司馬──過度に民族を感ずるとき、人間は体中に揮発油が詰まったみたいになって爆発するんですね。人間というのは。スペインにおけるバスクのETA（バスク祖国と自由）や、イギリスに対抗するアイルランドのIRA（アイルランド共和軍）みたいに。

梅棹――そうです。今後、民族紛争は延々と続く思うんです。民族というのはまったく合理性を欠いたものなので困る。一種の情念の塊でしょう。

司馬――「われわれ意識」が民族とすれば、言語をふくむ文化の共有ということが、民族の重要条件でしょう。文化は、文明とちがって本来、特異なもの、不合理なもの、他からみればぶきみなもの、あるいは滑稽なものでしょう。たとえば韓国の人のマナーとして、ご飯を食べるときに、お椀もお茶碗も一切置いたままにする。僕らは、お茶碗を左手で持ってお箸で食べる。それだけで韓国の人はびっくりするわけですよ。倭奴《ウェノム》はとんでもない不行儀なやつらだと。

梅棹――不行儀というより、椀を手に持つのは乞食の食べ方だと言うんです。韓国の人はそう感じるんですね。わたしの知り合いで韓国人の女の人ですけど、日本に留学してたんです。下宿のおばさんに、お茶碗を手に持って食べなさいとしょっちゅう言われたそうです。それがものすごくいやだったと言ってた。

司馬――文化というのはお互いに不合理なものですな。

梅棹――ただそういう習慣だというだけでね。ところが他の習慣を認めない。すべて自分のほうを合理的というか、よしとするわけです。全生活にわたって体系的にそうなってるということが、民族の悲しいところですね。

司馬――たとえば人間関係において日本人は十年親しんで初めて友人であると思う。韓国人にあっては、一回紹介されたら友人であると考える。それで抱き合うようにならなきゃだめだと。いま、僕のいとこがいるとして、ある韓国人が、僕と友人だから、いとこも友人だということで、いとことも抱き合いに行く。日本では、こういうのは詐欺師しかいません。ところが向こうから見たら、日本人は薄情者のあつまりだということになる。文化の違いというのはおそろしいものですね。

文化とは「不信の体系」だ

梅棹──だからわたしは文化とは何ぞやと問われたら、不信の体系だと答えるんです。他人の文化を信じない。自分自身の文化しかない。体系的にそうなっているんです。この不信のエネルギーに、帝国主義の時代は、すべて帝国の力によって蓋がしてあった。ところがここへきて蓋が取れたんですな。取れ始めたんです。そうするとあっちこっちで問題が噴出して来る。

司馬──それでいま、ロシア人がいちばん喜んでるそうですね。ロシアなんて、ソ連のときから優位民族で威張っていたやないかというと、いや、あれでも遠慮させられていたというんです。ソ連が崩壊して、ようやくロシア人の誇りを高らかにうたえるようになった。そうすると今度は、ウクライナの人たちがおれたちはロシア人じゃなくて、そのもとになったルーシーであると主張する。モスクワの連中には、あれはタタールが半分入っていて、顔をみてもわかるだろう、かれらは純粋のルーシーじゃないというわけです。なるほどそう言われてみるとエリツィンもタタールの顔をしてますね。

梅棹——ウクライナはやっぱり大ロシアのもとなんですよ。ウクライナの首府のキエフはドニエプルの川のほとりにできた街ですけど、そのドニエプルに面して、キエフ国家に大発展をもたらしたウラジミール大公の巨大な像が建っているんです。そこからずっと北へ入っていく。ロシアの文明は南のキエフ大公国から来ている。それが大ロシアのもとだという意識が彼らには明らかにあります。

司馬——一人の人間が自分が属する民族を意識するとき、決して心安らかじゃありませんね。ただのお父さんやお母さんでなくなってしまう。民族としての優越性か、劣弱感か、どちらかに上下してしまう。時にはテロにもなる。たとえばアイルランドのIRAというのはイギリスに対してテロをやっている。もう何百、何千人死んだでしょう。もっと死んでいるかもしれない。数年前、アイルランドの日本の大使から聞いた話ですが、大使がパーティーに出ると必ず話しかけてくる上院議員がいたそうです。おまえ、日本人だろう。おれは、実はテロリストだったんだ。戦時中、太平洋戦争の始まる前に、パーシバルというコーン（アイルランド）駐在のイギリスの司令官を殺す役目だったが、太平洋戦争が起こって、あいつはいつの間にかシンガポールに転任してしまった。そのあとどうだ、山下奉文《ともゆき》（一八八五〜一九四六）がやってくれたじゃないかと言って握手を求めるというんです。くりかえしますが、かれはアイルランド共和国の上院議員です。

梅棹——なるほど。アイルランドの問題は、もともと原因はイングリッシュがつくり出したものなんですね。イングリッシュがアイリッシュの土地を取り上げて、それをイングリッシュとスコッツに分配したわけです。そうすると追われたアイリッシュはどうしようもなくて惨憺たることになった。

フランス革命が少数者をつくった

司馬——日本の場合、韓国を国家レベルで三四年あまり支配した。これはよくない。ところがイングランドはアイルランドを数百年支配した。しかもイングランドの地主が地主ごとにじかにやってた。飢饉であろうが何であろうが、穀物を年貢《ねんぐ》としてとりたてる。しまいには薪さえなくなったという話がありますね。

梅棹——アイリッシュは本当に赤貧洗うが如き状態に陥ったんです。それで新大陸が開けたときにドーッと流れたんです。やはり民族戦争の原因は歴史的につくられてるんですよ。一度そういうひどいことが起こると、もうちょっと解決の方法はないですよ。

司馬——テロリズムだけで解決できるかというと、それで政治的に新しい曙が見えるというわけにはいかないでしょうから。

梅棹——ピレネー山脈にいるバスクも同様ですね。イベリヤ半島における少数民族なんですが、これはフランスとスペインに分割されている。そしてスペインがずいぶんあの民族をいじめたんですね。虐殺もやっています。それに対する反発も容易なことでは解けませんな。

司馬——梅棹さんはバスクを調査されましたが、僕も行ったことがある。バスクの山の中で神父さんや知識人三人に会ったんです。彼らが口を揃えてフランス革命を罵ったのが印象的でした。フランス革命で国民国家ができた、国民国家ができたときにフランス万歳になったけれども、そのときに少数民族もでき上がったと……。どの国でも——むろん日本をふくめて——近代世界史にとってフランス革命は善の最《さい》たるものとされています。バスクの少数民族にとっては、国民国家ができたために少数者への差別が顕在化した。それまでは、神のもとで平等だった。すくなくとも中世は大らかだったというのです。ついでながらだけど、西洋人ではじめて日本に来たフランシスコ・ザビエルはバスク人ですな。それからザビエルが属したイエズス会を興したイグナティウス・デ・ロヨラもバスク人。

梅棹——そう。バスクの中からはそういう戦闘的なジェズイット（イエズス会）が出て来ますね。

司馬——梅棹さんは、バスク語も勉強されたんでしょう。

梅棹——どういう言語であるか覗いてみただけですけどね。だけど、これからの外交にはそういう用意が必要でしょうね。たとえば中央アジアと外交するのにロシア語では無理ですよ。日本の外務省にはウクライナ語の専門家はいるのかな。

司馬——いないでしょう。

梅棹——いま、中央アジアに旧ソ連の共和国が五つあるでしょう。そのうちの北から言って、カザフスタン、キルギスタン、ウズベキスタン、トルクメニスタン、この四つまではトルコ語です。チュルクですね。だからトルコ共和国の人と話がちゃんと通じるんです。おもしろいのは、中国側にウイグルがいるでしょう。これもトルコ語ですよ。ずっと飛びますけれども、東シベリアのヤクートもそうです。

司馬——ヤクートはいまでもトルコ語をしゃべりますか。

梅棹――もちろん方言というか、かなり形は変わっていますけれど。

イランとトルコの対抗意識

司馬――トルコ語はひろいですね。さっきおっしゃったように中国の新疆ウイグル自治区にいるカザフ族、これは旧ソ連領にもいます。中国領にもいて、中国領のほうのカザフからきいたんですが、さきにトルコ共和国の人が来たが、言葉が全部通じたよというんです。

梅棹――チュルクというのは均質性の非常に高い言語ですね。

司馬――今、梅棹さんが言ったチュルクというのは、トルコのもとの言い方で、それが東洋史ではたとえば突厥、あるいは勅勒と表記したころもありましたね。どちらも中国音で、チュルク。

梅棹――そうです。モンゴル語で言うとトゥルキー。それがヤクートからトルコ共和国まで広がっている。これはえらいことですよ。それから、旧ソ連領内の大きなブロックで、チュルクの系統はアゼルバイジャンです。

司馬――あのチュルク系の人たちは、フラグ汗（チンギス・ハーンの孫）の時代のモンゴル軍の一派のトルコ系が先祖とききましたが、アゼルバイジャン人がテレビに出ると、顔を見るだけでこれは古い民族だという感じがしますね。

梅棹――コーカサス一帯というのは実にたくさんの民族が住んでいて、まことに難しいところです。さっき言った中央アジアの五共和国の残りの一つはタジキスタンですが、これはイラン系ですね。イランとトルコは、あの辺一帯にものすごい力を持っていますから、今後どちらが勢力を張るかというのが一つの問題でしょうな。

司馬――トルコ人は大トルコ主義ということでは、いまではあまり興奮しないでしょう。トルコ人は民族問題ではわりあい理性的ですね。その点イラン人が、自分らはアーリアだと言って、国名にまでイランを付けたのは、トルコへの対抗意識ですか。

梅棹――それはあると思います。オスマン帝国のときに、オスマン・トルコは地中海から中央アジアまで一帯をものすごく抑えたわけです。ところが同じ地続きでありながら、サファヴィー朝ペルシャ、つまりイランは入らなかった。歴史的にも、イランとトルコは伝統が違うんですね。

司馬――イラン人のアーリアンであるという意識の中には、進歩せるヨーロッパを見よ、彼らはわれわれと同民族だぞという意識がありますか。

梅棹――あると思います。ヨーロッパは自分らの一派である、自分らのほうが本流だと思ってますからね。

司馬――痛いばかりに思ってるでしょうな。

梅棹――それはアフガニスタンも同じですよ。今はどうなっているか知りませんが、かつてアフガニスタンには国営航空があったんです。これはアーリアナ航空と言うんです。わがほうこそアーリアンの本流だという意識がある。

司馬――なるほどねえ。それからファンダメンタリズム（原理主義・超保守主義）というのが、またこれ民族を動かす異様なエネルギーの一つでしょう。

民族主義は引火性に富んでいる

梅棹—民族主義というのは、どこでもファンダメンタリズム的傾向を内包しているんですね。日本でも起こりうる。日本的原理に帰れ、という古典復帰主義ですからね。そいつが激しくなってくると、いたるところで紛争が起こる。それがまさに不信の体系をつくり上げていくわけです。自分らとちょっと違うやつは全部排除するいうことになってね。中国だってありえます。たとえば中国では今かなり孔子廟が復活しているでしょう。儒教精神に戻れというのが、やっぱりあるんですね。

司馬—あれは一種の中国的ファンダメンタリズムと考えられますか。

梅棹—だとわたしは思うんです。固有文化の本流に戻れという運動は、全部ファンダメンタリズムだと考えていい。

司馬—そいつは非常に揮発性が高くて引火性に富んでおる。

梅棹—危ない、危ない。これは本当に危ないです。ボーンと爆発しよる。妥協しませんからね。

司馬—これは非常に素朴な例ですが、一斉に学生が兵隊にとられたときに、僕は兵庫県加古川で収容されたんです。同じときに行った人間で五〇人ずつの五つの班ができたんですよ。そしたら隣の班は、皆猛々しくてエネルギッシュに見えて、自分の班はなよなよしてて話が分かる連中ばかりに思えるという、解析不能の感情が自分の中に出て来ました。これが民族感情かとそのとき思いました。実際はそうではないのに、隣のやつのほうが非常に猛々しく思える。他の民族は叩いても死なないと思っている感情がどっかにある。

梅棹――なるほど。やはり世界の民族紛争というものは、当分はなくなりませんな。

個別的な解決しか方法はない

司馬――まことに民族および民族文化とは、特殊で不合理なものですからね。不合理なゆえに昂揚する力も大きいが、しかしそのことをみんながわきまえたときに、ちょっと明かりが見えて来る。

梅棹――今、世界的に少しずつそのわきまえが進行している段階ですな。わたしは決して絶望的とは思わないけど、しかし、そう簡単には解消しない。これは二一世紀前半ぐらいまで続くと見ています。ソ連は崩壊したし、共産主義のような普遍的な原理が力を失っていますから、いま、民族を超える原理がないわけです。だからいたるところで紛争が起こる。結局どうするかというと、紛争は根気よくお互いに説得しあって了解しあうという、個別的解決法しかしようがないですね。

司馬――個別的にあるいは各個的にね。気が遠くなるような大問題ですが、所詮はケースごとに人間と人間が顔をくっつけあって解決してゆくしかないんでしょうね。アイデンティティという言葉が非常にはやったでしょう。僕は当初これは悪い言葉だと思ったですね。おそらくアメリカのサイコセラピストというか、精神治療士たちが流行させたと思うんです。これは想像ですが、そういう精神治療士たちが患者に、あなたはポーランド系だからポーランド系の仲間のとこに一カ月ほど行きなさい、そしたらあなたの鬱病はいい方向にゆくでしょうなどと言ったんじゃないかと思うんです。同じ民族のポーランド系のところでアイデンティティを確認したら、そこに安らぎがあるというふうに。だけどそこまで民族は神秘的あるいは治療効果があるほどのものでしょうか。それよりも梅棹さんの言うように、各個に自分を知ってもらう苦労をするほうがいいんじゃないかと思いますけどね。

梅棹――個別的にしかしようがないんですよ。ところが今までは、少数者というものが大きな帝国ないしはそれに準ずる民族国家の陰に隠れて埋没していたわけですね。表面に出て来なかった。それが圧力が取れてみたら、あっちでもこっちでも出てくるわけです。まだ圧力のかかっている国がたくさんあります。たとえばソ連は崩壊したけれど、ロシアはありますからね。ロシアの中には一〇〇ぐらいの民族がおります。これはやっぱり旧ロシア帝国の亡霊ですよ。

司馬――そうですね。

梅棹――インドも大変ですよ。

司馬――インドは簡単には解決できないでしょうな。

梅棹――できないです。さまざまないさかいのもとになるようなものを乗り越えて、一括してある解決へ導くような原理がないんですから。

日本人には言語の格闘術がない

司馬――この国で、この問題を今、梅棹さんと話しているというのは、非常におもしろいことだな。つまり、一番安全な国で、一番の大きな火事の話をしているんだから。二一世紀には世界をおおいつくすだろうと思われる怖い話を。

梅棹――普遍原理がなくなったというのは、これは本当にえらいことですよ。

司馬――ところで日本人はどうなるでしょうね。一億人おるから何とかなる、大丈夫だと思っているところがあるような気がするけど。

梅棹――しかし特殊な民族です。外から見たら変なやつですよ。

司馬――自分を説明しない民族というのは、日本人だけでしょう。自分という者は、こういう思想や原則をもち、こんな意見をもっている、そういう自分がこういう目的であなたに会いに来た、一番重要なのは、君と私との間に利益の一致点を見出すことだということを、きちっと歴史的に現実的に、そして魅力のあるレトリックを使って説明するということをしない民族です。われわれは、そういうことをするのは野暮でいかがわしいと考えている。基本的に、自分について何もいわないのが粋《いき》で謙虚だという文化があるから、ついニコニコしたままで相手の前ですわっている。そしたら向こうはひょっとすると悪者と思うかもしれません。

梅棹――そうですね。日本文化というのはやっぱり孤立して発達した、あるいは閉鎖体系の中で熟成した文化ですからね。ほかの異質なものとの対決を、ほとんど経験していない。だから、そういう技術が発達していないんです。一種の言語的格闘術といいますか、論理的武装といいますか、そういうことが本当にできてない。

司馬――バスク族で話題にしたフランシスコ・ザビエルが日本に来たときに、薩摩あたりの信者がこう質問するんです。そんなに神様が世界を見そなわしているならば、どうしてわれわれはこんなに遅く発見されたのでしょう、と。ザビエルの書簡の中にあるんですけども、ザビエルは「そら、これは来たぞ」と思って、言葉の格闘術でもって説得する。つまりアリストテレスの哲学を利用して、悪くいえば言いくるめるわけです。だから、この次に来る宣教師は、ぜひアリストテレスを勉強した者をえらべと書いています。だけれどこの場合、その日本人は素朴に質問しているだけで、喧嘩腰ではないんです。それをザビエルは論争としてうけとった。ここから先はドナルド・キーンさんのユーモアですけど、ザビエルでよかったですねというんです。日本人とやや顔が似ていて。もし体格も大きく目の青いスウェーデン人が最初に来たら日本人はどうしたでしょうと。

梅棹——ハハハ。おもしろいな。

アイヌやオホーツク人の位置

司馬——僕なんか日本人に生まれて、むしろ異民族にロマンティックな気持ちを持ち過ぎてることがあるんです。退屈しのぎのロマンティシズムというか。僕が今、一番熱中してるのは、北海道のオホーツク沿岸の、オホーツク人の遺跡なんです。この遺跡についてはいろいろいきさつがあって、東大の考古学の人たちが手をつけたんです。オホーツク人の貝塚その他が発掘されてみますと、かれらは豚を飼っている、犬も飼っている、そしてアザラシその他の肉を食べている。いろいろ在来の日本人と違うんです。むろん、土器も違う。彼らは日本の奈良朝のころに来て、平安期いっぱいでいなくなっている。そのあと鎌倉期からはじめてアイヌ文化が出現する。アイヌ文化は一三世紀ぐらいから始まります。われわれ日本人にはアイヌの血も流れているからこそ、アジアの中でちょっと毛色が違うんだと、ロマンティックに考えるべきです。

ところがありがたいことにもう一つオホーツク人の血も入っている。日本書紀の二、三カ所に出て来る「粛慎《みしはせ》」がオホーツク人だと私は思っています。かれらは当時にすれば寸法が大きいんです。これが千代の富士を生んだり、隆の里を生んだりしてるのかと空想するわけです。

私の家は四〇〇年ほどは播州の海岸にいましたから、背が小さい。瀬戸内海の島々の人々も、平均して顔が大きく、背が小さい。しかし東日本には北方からの血によるものか、大きい人の割合が瀬戸内海よりも大きいそうです。まあその程度の古代混血のぐあいを楽しんでいるのが、いまの日本です。ともかくも日本はあまりにも単一性が高くて。

梅棹――たしかに単一性は高いですな。だけど、日本もＰＫＯでカンボジアに行くようなことになって、これからはもっと民族の問題に直面することになるでしょうね。

司馬――カンボジアにポル・ポト（一九二六～一九九九）さんたちが撒いた何十万発かの地雷が埋まってるのを排除する仕事があるでしょう。一坪の中で何十個埋まってるかもわからない。時には埋まってないかもしれない。それをあの国の人たちが無事歩けるように針で突いて排除していく。考えてみたらこれフランシスコ・ザビエルでもちょっとやれないんじゃないかと思うくらい崇高な仕事ですよ。それを制度としてやるわけでしょう。これは今後の国連の一つの可能性を示しているんじゃないかという気がする。

梅棹――そうですね。たとえばユーゴの紛争は、国連の力ではおさめることができなかった。しかし国連は成長してきたと思いますね。これは大分見込みがあるでしょうね。これまでの帝国とか共産主義に代わるものとしてね。紛争解決のための国連というのは、意味を持って来たなと思ってるんです。

先進国から帝国主義は消えたが

司馬――世界消防団のような、つまり、消防団であって警察ではない、まして軍隊でもないものとしての国連の諸機能は、最近になって役に立って来ましたね。

梅棹――国連はそもそも、ある原理を持って行くのと違いますからね。まさに局地紛争を局地的に鎮静させるということだけですからね。湾岸戦争とは意味が違うんです。新たなる人間の未来に対する革新みたいなものが出て来る可能性がある。

司馬――国連には原理性がないからかえっていいんですね。たとえばわれわれの町内にある消防署が、見ず知らずの救急患者を運んで行きますね。あれと同じですね。

梅棹――そういうものですな。とりあえず何かせないかん。火を消さなしょうがない。しかし、それですぐに世界が平和になったりはしませんな。

司馬――そうにはならないように人間はつくられているのかもしれません。ただ、人間が集団的に政治化した場合はべつですが、個別的に話せば人間は決して阿呆ではない。

梅棹――そうそう。何かやってるうちにすこしずつ解けてくるかもしれない。軍事力はまったくだめでしょう。意外に有効な消火剤というか鎮静剤は、経済かもしれない。経済は、火を消す能力はかなりあるんじゃないですか。

司馬――経済はかなり有効でしょうね。ただ、今までのルールのままではだめです。おまえとこは少し持ってるから全部でもいいからはたいて、アフリカならアフリカの困ってる人のところへ送れとか、あるいはソ連で困っている人のところに日本は半分貧乏してもいいから送れというような形は、いつかだめになるときがくる。そのことについてのルールがやがてできるでしょう。しかし考えてみると、一国の余った金を他の国の安寧のためにまわすということじたいは、たいへんな進歩でしょうね。

梅棹――明らかに進歩です。民族的エゴイズムというものが端々でいまだ燃え盛っているけれども、多少鎮静化してきた。先進国がそういうようになってきた。

司馬――それは確かですね。

梅棹――先進国が帝国主義でなくなったということですよ。

司馬――帝国主義でなくても飯が食えるようになった。

梅棹――これは大きいですよ。

司馬――僕はお釈迦さんの時代に、お釈迦さん自身が、やがて自分の法は滅びるだろうと予言したのが象徴的だと思うんです。お釈迦さんが四民平等というか、人間は全部平等だと言ったことに人は腹を立て、やがて仏教はインドで滅びたも同然になります。お釈迦さんよりはるかなむかし、インド内陸部には、あんまり数字で戦争のことを考えなかった人たちがたくさん住んでた。そこへ北方のイラン高原あたりから、数字のわかる民族、つまり羊が何頭、馬が何頭という数量把握ができる民族が攻めて来て上位の階層を占めた。バラモンになり、またクシャトリヤになった。この二つだけは西洋人の顔をしている。さっきのアーリアンですね。その下にアジア系の泥くさい顔をしてる人がたくさんいるというカースト社会ができた。そこへお釈迦さんが出て来て全部人間だと言ったわけです。そんなに平等主義になったらインド体系が崩れるから、お釈迦さんは一代で滅ぶしかないということになる。そして、あとにヒンドゥーという差別宗教が出て来て、今なおそうであるわけです。

平等がいかに難しいか、人は皆同じということがいかに難しいかということですね。結局、梅棹さんの言う個々にやっていくしか、しょうがないんでしょうね。

地球時代の混迷を超えて——英知を問われる日本人

解説

一九九四年の一二月、産経新聞社の企画に応じて、わたしは司馬遼太郎との対談をおこなった。テーマは「地球時代の混迷と人間の生きかた」というようなものであった。対談は大阪で速記をとり、翌一九九五年一月一日づけの『産経新聞』の二、三面に「新春特別対談」として掲載された。

かれは翌年の二年になくなった。かれとの対談で活字になったのは、これが最後であった（註1）。

この対談は、司馬氏の死後に刊行された『みどり夫人　追悼の司馬遼太郎』に題名を変更したうえ載録された（註2）。

（註1）梅棹忠夫、司馬遼太郎（著）「地球時代の混迷を超えて――英知問われる日本人」『産経新聞』一九九五年一月一日

（註2）梅棹忠夫、司馬遼太郎（著）「二十一世紀の日本」夕刊フジ、産経新聞社（編）『みどり夫人　追悼の司馬遼太郎――司馬遼太郎さんと私』八三―一〇二ページ　一九九七年一月　産経新聞ニュースサービス（発行）扶桑社（発売）

民族の時代

司馬――梅棹さん、文化勲章をお受けになったとき、「あまり役に立たない学問をやっているのに、ご褒美をもらえてうれしい」とテレビでおっしゃっていましたね。しかし民族学は間違くはあっても、役に立つ。そのころ、わたしは明石康さん（旧ユーゴ問題担当国連事務総長特別代表）の評伝を読みました。明石さんはカンボジアでの調整活動をしたとき、学生時代に講義をきいた――おそらく故泉靖一さんの講義でしょう――文化人類学が役に立ったといっています。異文化への尊敬という態度が相手につたわったのでしょう。

文化人類学というのは、相手の文化を尊重するところから始まるのでしょう。そういう要素がすこしでも入っていると学問になりやすいというか、片栗が固まりやすいのではないでしょうか。

梅棹――そうですね。わたしなんか、多少冷ややかすぎるようなところがあるかもしれません。

司馬――いや、お若いころ、内蒙古でフィールドワークされたとき、遊牧が文明であると頓悟《とんご》された。相手への尊敬がなければ、そういう具合の視角は出てこない。

それにユーモアがこの学問には必要なようですね。イタリアで昔、フィールドワークされた折、そこで会ったおじいさんが六〇年前にローマに荷車を引いて行くときに、親方から「ローマに行けばナイフとフォークでものを食べる。その使い方をいま教える」といわれたというんです。時期は日本の文明開化のころとあまり変わらない。

梅棹──それは羊飼いの話です。彼はナイフもフォークも見たことがなかったのです。

司馬──その話に愛情を感じて、採集されたんでしょう。

梅棹──そうですね。

司馬──このごろの世界は梅棹さんがかつて予想した世界に近づいているような感じがします。たとえばフランスはかつてケルト人の世界だったのに、シーザーが来てローマ化して、大文明ができた。ここから先は聞いた話ですが、そのフランスで、最近、ブルターニュを舞台にケルト人の少年がローマ人をやっつける劇画がおとなにも読まれているそうです。ローマ文明の継承者であると思っているフランス人が、素朴なケルトの時代を思い出すことが快感になっているんでしょうか。

梅棹──なっていると思います。これはもうゴール（ケルト人の別名）の伝統ですから。たばこの「ゴーロワ」もそうですし、ド・ゴール元大統領も……。

司馬──どうも現代世界はやはり民族、エスニック・グループに集約されつつあるといえば、悲観的な見方になりますが。

梅棹──細分化された民族的伝統の上に立とうという傾向と、なるべくそれを一緒にして広い立場に立とうという傾向が、同時進行しているというのが、現代の非常におもしろいところです。一方的に、「世界がひとつになる」と考えるのも、「バラバラになる」と考えるのも間違い。両方の力が拮抗して働いているのです。ただ現在は細分化が目立っています。第一次世界大戦でできた秩序も、第二次世界大戦でできた秩序もやはりだめでした。国連の明石さんが苦労しているボスニア・ヘルツェゴビナは細分化の代表的な例です。

崩壊した帝国

司馬――民族、民族といい始めるのは、いつごろでしょうか。一八世紀にはまだなかった。

梅棹――一九世紀からですね。

司馬――ごく新しい。

梅棹――とくに民族問題が大きく出てくるのは二〇世紀に入ってからです。

司馬――どうもそのようですね。それまでは、カトリック世界なら「われわれは神の子である」というだけで自己認識はすんだようですね。

梅棹――さらに一九世紀には「帝国」がありましたから。帝国があるあいだは治まるんです。二〇世紀の大きな特徴は帝国の崩壊です。

司馬――残酷なほどに具体的な観察ですね。

梅棹――オーストリア・ハンガリー帝国の崩壊でバルカンに火の手があがる。大日本帝国の崩壊も同じ文脈でいえるでしょう。巨大帝国の中では、ロシア帝国と大清帝国だけは後継者が出てきて長持ちしました。オスマン帝国は第一次大戦で崩壊しました。もうばらばらになる。二〇世紀に帝国として温存されたのは先の二つだけです。

司馬――この場合、帝国の定義は、他民族に対する収奪と支配の機構ということですね。

梅棹――他民族支配の上に立った統治機構です。そのロシア帝国と大清帝国がいま危機に陥っています。

これが現在の騒乱の最大の問題です。帝国の圧力がなくなると、いっせいに各地で民族が蜂起する。これは歴史的事実です。

司馬――ソ連というのはマルクス・レーニニズムの思想を借りた完全な帝国主義の国でした。それが大崩壊するのをわれわれは目の前で見てしまった。

梅棹――その後に生まれたロシア連邦も、いわば帝国の残存物です。じつに多くの民族を内部にかかえています。

司馬――たとえば、ウクライナ共和国はモスクワの下風に立つことはやりきれないようですね。

梅棹――ウクライナやアゼルバイジャン、ウズベキスタンといった大共和国だけが離脱したのであって、いまなおロシアの帝国的秩序から離脱できない共和国が二〇くらいあります。タタールスタンなんか分離しかけて、なかなかうまくいかない。ヤクート人のサハ共和国もそうですし、いまもめているチェチェン共和国もそうです。

司馬――たしかに、二〇世紀は帝国の崩壊という面から見ると、見えすぎるほどに見えてきます。中国の場合、漢民族政権の明の時代は小さかった。いまの内モンゴルも、新疆ウイグル自治区も、チベットも他の国でした。ところが、異民族朝廷の清になってから大きくなります。それを国民党が相続し、中国共産党がさらに相続しました。中国人にとってそれが中国の版図だと思い込みたいでしょうが、政治的には荷が重いでしょうね。

ヨーロッパと民族

梅棹——ヨーロッパには多民族・多言語でうまくやっている国がいくつもあります。スイスなんか四つの言語がきれいにセパレートして共存している。ベルギーもそうだし、スペインもそう。

司馬——スペインのカタロニアの人が兵庫県を訪ねて、たまたま知事が相手をしている現場を見たことがあります。知事さんが即座に、「カタロニアは、日本でいえば関西みたいなところですね。たがいに文化的自信はあります。もっとも関西はカタロニアのように政治的な力はありませんが」。横できいていて、ちかごろ、知事さんも教養人だなと感心しました（笑）。

梅棹——スペイン領内にはもうひとつ、異文化をもつバスクという地方があります。カタロニアとバスクとはいずれも工業が盛んですから、この二つの州の分離を認めてはスペインという国が成り立ちません。

司馬——以前、バスク地方にでかけたとき、山の中でバスク人の神父さんに会いました。バスク独立運動をやっている神父さんでした。「フランス革命がいけなかった。あの革命で国民国家が生まれた結果、少数民族も生まれた。あそこからバスクの不幸が始まった」とフランス革命を罵るのに驚きました。「それまでは神様の子としてずっとピレネー山脈に住んでいたのに」というわけです。その人は穏健派ですが、バスクの一部はすごく過激ですね。多民族国家はスイスやオランダがうまくいって、スペインに行くとあやしくなる。

梅棹――うまくいっている方がむしろ珍しいんです。

司馬――梅棹さんは昔言ってましたね。大きな地域にいくつかの民族がいると、なぜか指導的な民族が出てくる。そして支配と従属の構造ができる、と。

梅棹――どうしてもそういうふうになる。比較的そういうことがなくて、上手に分かれることができたのはチェコスロバキアくらいです。旧ユーゴスラビア的騒乱もなしに、チェコとスロバキアにうまく分かれた。あれは珍しいケースです。騒乱なしに独立したり、平和的に異民族と共存したりできるのは、大した文明なんですよ。

司馬――それを一つの単語でいうとしたら「支配される能力」。つまり法に従うとか、秩序に従うというのは、ひとつの文明的態度ですね。

一神教とアニミズム

司馬――ボスニアのような一神教同士の争いをみていると、素朴な言い方ですが、われわれ日本人のようにアニミズムに似た汎神論を持っている方がまだいいのではないかと思うことがあります。

梅棹――たしかにわれわれはアニミズムですし、はじめからかなりの程度に融和と妥協ができる。ところが一神教の人たちというのは、それが非常に難しい。

司馬――旧約聖書に、モーゼが若いころ、ユダヤの人々を率いているときに神がモーゼの耳にいろいろささやくくだりがあります。アニミズムをもつ私が読むと、どう考えても、これは悪魔の声としか思えない。神の言葉とは思えない。私はキリスト教は好きなんですが、しかし神はすべてを創造したのだから、悪魔もつくったのかしらと思ったりもします。最近では、「ああ、神は同時に悪魔なんだ」と、けしからんことを考えます。だから悪魔を語らないと、神は出てこない。

そのことはともかく、他者への愛というのは、宗教でいうとキリスト教しかない。仏教では自分が悟ればいい。理屈では利他的ですが、人間愛は教義の中心にはないんです。

梅棹——キリスト教が隆盛なのはそこです。矛盾だらけの宗教ですが、その点では他の宗教を圧倒している。でも、イスラームだってへこたれませんよ。世界では、どんどんイスラーム教徒が増えています。キリスト教とイスラーム教はどちらが勝つかわかりません。もし、いずれかの宗教を選択しないと殺す、と言われたら、わたしはちゅうちょなくイスラームを選びます。あんな清潔な宗教はない。神と自分との間に夾雑物がなく、したがって腐敗がない。じつにゆったりしている。

司馬——お釈迦さんの原始仏教というのは戒律だけが残ったわけで、本質はわかりません。奈良仏教などでも、唯識《ゆいしき》とか理屈っぽいけれど、多分に戒律です。

梅棹——イスラームの場合、戒律といっても融通がききます。原理主義はきついのですが。それから科学はギリシャからといいますが、現代科学の原理の半分はイスラームからきています。西洋人は自分たちの科学文明の淵源をギリシャに求め、イスラームは認めたくないんです。

司馬——スペインにおけるレコンキスタ（キリスト教徒のイスラーム教徒駆逐運動）だけが、ヨーロッパ人は好きなようですね。

梅棹——でも、実際はレコンキスタのときでも、イスラーム化したイベリア人がいっぱいいました。いまでもモロッコにはスペイン名前のイスラームがたくさんいます。ボスニアのイスラームはちょっと違って、オスマントルコの感化によってできました。南スラブ人がイスラーム支配のときに改宗して、イスラームになりました。

司馬――西洋中世の騎士道でさえイスラームから輸入したものだという説がありますね。もっとも、謙虚な人もいる。ポルトガルの博物館に行ったときの話ですが、大航海時代に使われたハッチが樽のように開いた船を発明したのはだれかきくと、副館長が「イスラームではないか」という。

梅棹――キリスト教徒でイスラーム化するのが、これからいくらでも出てくると思います。いずれにしろ人類は、これから宗教のことで悩み、苦しむことになるでしょうね。

恨みと差別

梅棹――民族問題は世界のいたるところにあるのですが、それを処理できる能力があるかどうか、あるいはそういう条件があるかどうか。世界的に見て、それは必ずしも存在しないんですね。民族問題はたいてい根が深い。歴史の産物だから、ある時期に他の民族にやられたという恨みが延々と残ります。

司馬――アイルランドの英国に対する感情のように、孫子の代までたたるようですね。

梅棹――民族問題は結局、恨みなのです。

司馬――日本の悪しき朝鮮支配は三六年間でした。日本人にとってはたった三六年間ですが、韓国人にとっては三〇〇〇年くらいに当たるわけでしょう。

梅棹――これは民族問題特有の現象ですが、逆に恨みが内部の結束に転用される。つまり異民族を敵視することで、自民族の結束を図るということ、これはあちこちで起こっています。民族運動というのは、しばしばこういうことを含んでいます。

司馬――政治技術として、恨みを使ったり、再生産したりするようですね。セルビア人やクロアチア人の場合も、指導者たちは多分にそういう技術を使っているのでしょう。

梅棹――「民族浄化」なんて本当に恐ろしいことです。

司馬――悪魔というのは、そういうことでしょうな。

梅棹――民族主義がそういう形で出てくると、始末が悪い。その基本になっているのは差別です。優越、従属といろいろなケースがあるのですが、要するに「あいつはおれと違うんだ」という感覚なんです。微妙な違いで差別を成立させる。たとえばロシア人は自分たちをヨーロッパ人だといいますが、ヨーロッパにはそれを認めない感情があります。

司馬――パリのソルボンヌの東洋語学校では、ロシア語は東洋語に入れてあるそうですな。フランス人の意識では、ヨーロッパは非常に小さくて、ひょっとしたらフランスだけかもしれません。

ところで、やっぱり快感があるんでしょうか。「異民族をやっつけろ」というとき。

梅棹――いじめの構造と同じことです。自分たちとちょっと違う人間がいたらみんなでたたく。それを乗り越えて融和を保っていくのは、かなり高度の人間的技術です。

司馬――梅棹さんは明快でいいなあ。思想というより技術ですか。

梅棹――思想ではありません。技術の問題だと思います。こういうときにはこう対応する、こういうときにはこうしたらだめとか、そういう技術的ノウハウの蓄積だと思う。日本は戦争の体験から、あんなひどいことやったらだめだということをだいぶ学びましたが……。

司馬――本当に人間というのは手に負えないものですね。韓国のソウルで漢江にかかる鉄橋が崩れ落ちたとき、韓国のある実業家が怒って「新しく作る橋は俺が私財を投じる。ただし日本人に設計させる」といいました。じつは、それほど激しく怒っているという語法なんですね。日本人がそれを聞いて感心してはいけない。ともかく、もう民族問題というのは解決できない感じさえしてきますね。

梅棹――少なくとも、あらゆる民族問題を解く共通の鍵はありません。全部個別的なんです。理由が全部違いますから。理由はそれぞれ、少なくとも数十年、数百年、あるいは数千年の歴史の中から形成されてきています。簡単に「この特効薬で全部いける」というものではないのです。

司馬――二一世紀いっぱい続きますか。

梅棹――わたしは、二一世紀の中ごろまではこういう民族問題の混乱は続くと見ているんです。解決できない。敵対すること、搾取することによって安定する部分もありますから。

民族と言語

司馬――梅棹さんは若いころからエスペラントをなさっていますが、エスペラントという言葉は理想の花みたいなところがありますね。

梅棹――ええ、理想主義運動ですから、必ずしも実際的とは言えない。しかし、エスペラント運動は明らかに現代における民族間の壁を乗り越える一つの鍵ではあります。

司馬――一つの鍵ではありますが、英語のように先生や話し手がどこにでもいるというわけではありません。これは困ります。

梅棹――民族主義が働いて、エスペラントを排斥する風潮があるんです。固有の文化を守るのだと。その文化というのは民族語なんです。だからエスペラントのような超民族語はけしからんという感情はヨーロッパにはかなりあります。日本でもエスペラントは戦前には盛んだったのに、そのころにくらべると、いまはだいぶ衰えています。背景に日本文化に対する意識の変化があると思います。

司馬――日本語に対する愛というかナルシシズムのようなものですね。

梅棹――言語については、どの民族でもかなり保守的です。ドラスティックに言語を変えたという例は少ない。自然に変わってゆくのはよいのです。でも強圧的なのはいけない。

司馬――結局、人間はその母親から最初に声をかけられた言葉――胎児の耳に聞こえるそうですから――というのが民族の言葉ですから。

梅棹――まさに母語、マザータングですね。

司馬――仮に大阪弁を標準語にすれば、京都の人は許さないでしょう。しかし、京都の中でも細分化されていて、「あなたはきれいな京都弁を使っているようですけれども、あなたのは祇園言葉です」とか、「室町のちゃんとした言葉ではありませんね」とか。だからどうしても――この話は民族問題を頭に置いて考えているわけですけれども――神戸の言葉は播州の言葉が入っているから野卑であるとか、いろいろ問題が起きます。

梅棹――井上ひさしの『国語元年』はじつに面白い本ですが、あれは標準語がついにできなかったという話です。最後に、それを推し進めた文部省の役人は頭がおかしくなって病院にほうり込まれる。私はそれは正しいと思います。人為的にそういうものを作ろうとしても非常に難しい。各国の標準語というのは人為的に作ったものですが、日本はそれをしなかった。できなかったのです。

司馬――明治二〇年前後、二葉亭四迷が言文一致を始める前に同じ尾張藩出身の坪内逍遙の家を訪ねたとき、坪内から「これからは言文一致で書け」といわれます。「君は同じ尾張藩ながら江戸定府の家系だ。つまり江戸弁を使って大きくなった。だから君は書けるはずだ」と励まされるのです。ところが逍遙は、四迷に言文一致を勧めながら、自分は一生、美文を書いています。地方出身だったからです。

つまり東京出身の漱石が『吾輩は猫である』を書いた時期まで、東京出身の作家は言文一致で書き、地方出身の作家は美文で書いていました。森鷗外も晩年まで大いに文語体で書きました。こういう細かいことを言ってきますと、われわれの中にも軽度の民族問題があったことがわかりますね。

ふたつの国

司馬――人類というのは抽象的にしかいなくて、具体的なものは民族の形を取っています。厄介ですね。

梅棹――みんな少しずつ違います。どこが違うのかということをまずはっきり見る。なぜ違いがあるのか、たいてい歴史的理由があるんです。歴史を順にたぐっていったら、「ああ、こうだな」とわかることが多いのです。

司馬――私は台湾が主のあった島なのか、無主の島なのか考えてきました。たとえば下田にきたあのハリス（初代駐日アメリカ公使　Townsend Harris　一八〇四～七八）がまだ世界を放浪していたとき、台湾にも立ち寄って「ここは無主の土地である。ただし平野地方は清国の領地かもしれない。東半分は全部無主の土地であるからアメリカは領有すべきだ」と大統領に手紙を書いています。

梅棹――つまり台湾は無主だったと。

司馬――かならずしもそうでもない。ただ、明治初年にボアソナード（Gustave Emile Boissonade de Fontarabie　一八二五～一九一〇）というフランス人の法律顧問が大久保利通（一八三〇～七八）に言われて調べましたが、これもまた無主の地だという見解でした。

梅棹――主があったとしたら、例の「国性爺合戦」の鄭成功ということになるでしょう。彼は明らかに台北のあの近所を攻撃しています。その前にそこにいたのはオランダ人。それを追っ払って拠点にした。

司馬――よくいわれるように、台湾の本島人は概して親日的ですね。激情的に親日的な人もいます。それは日本の統治によって独立国としての誇りの背骨をへし折られなかったからで、独立国韓国の場合とはちがいます。韓国は独立国だったのを支配してしまった。これは恨みになる。台湾は多分に雑居地だったから、面倒見のいい政府がやってきてくれたらよかった。よく朝鮮人と台湾人は違うと説く人がいますが、それは違います。歴史的に見て違うのです。

梅棹——日本の台湾統治は非常に合理的で近代的植民地政策でしたが、朝鮮の場合は軍事支配です。なぜ朝鮮が軍事支配になったかというと、背後にロシアがいたからですね。

司馬——日本近代史をおおいつくしているのは、ロシアの南下への恐怖ですね。

実体のない「アジア」

梅棹——私の気にいらない言葉のひとつに「アジア的連帯」があります。そもそも「アジア」という言葉の起源はアッシリアです。ヨーロッパという言葉も「アッシリア碑文」から出ている。東を向いて、ここからすべてアジアだ、西を向いてここからヨーロッパだ、と。ヨーロッパは「エレブ」からきています。エレブというのはギリシャのこと。ギリシャはアッシリアから見て西でしょう。このごろあちこちで「アジア的連帯」といわれますが、そんなことは、ありえないことなのです。

司馬——だいたい「アジア」という言葉は明治以後、日本人が使いたがった概念で、インドネシア人はそうは思っていないかもしれない。インドネシアはインドネシアだと。アジアという言葉でくくりたがるのは日本人だけ……とは言いませんが、たしかに日本人に多い。

梅棹——それとヨーロッパ人にも多い。ヨーロッパ以外はアジアと言いたいのです。でもそれは本当におかしい。世界をヨーロッパとアジアで理解するのは無茶な話です。アジアという実体は存在しないのです。

司馬——個別的にはあるけれども。

梅棹――アジアならまだしも、東洋と西洋という対立の構図による理解、あれも本当に困ったことです。それで、日本は東洋の代表だなどという。そんなばかなことはありえません。

司馬――架空の王国を作っているようなものですね。東洋だとかアジアだとか、勝手にテリトリーをつくって、その代表だというのは滑稽で無意味だし、ときに有害ですね。

梅棹――アジア諸国との付き合いはかなり難しいんです。日本は決してアジアではありませんから。

司馬――歴史から見れば日本史そのものがアジア史とはずいぶんちがう展開をしている。

梅棹――顔が似ているから分かりあえるなどというのは人間違いです。「アジア的連帯」などということで仲よくやれるものではないんです。日本人のアジア認識はもう少し上等にならないといけません。たとえばアジア大会に、なんで中東のカタールが出てくるのでしょうか。われわれとはアジアという概念が違うんです。

日本文明の危機

司馬――とにかく日本人は上等になることですね。上等にならないと日本人はこれから生きて行けないかもしれません。

梅棹――大切なのは知恵でしょうね。

司馬――物事を識別して統合する心の働きですね。

梅棹――たとえば、企業の中でもいろいろ問題があるでしょう。そこで大局的に事態をとらえる訓練が必要になります。その中で明日を考える能力が求められる。これはまさにイデオロギー中心の時代とは正反対です。

司馬――それが上等ということでしょう。

梅棹――私は二一世紀の日本は非常につらいことになると見ています。どうも日本文明はいまが絶頂ではないでしょうか。

司馬――残念ですが同感ですね。衰退期にむかっているという証拠に、日本文明の現在の構成者が少しものを考えなさすぎるように思いますね。

梅棹――現在はこういう幸せな社会ですから、考えなくてもいいんです。だから、あまり危機感がありません。しかし、二一世紀の中ごろはひどいことになるかなと、私はかなり危機感をもっています。いま日本が世界に貢献しているのは科学技術ですが、アメリカとの差がだいぶついています。日本の科学技術、経済もそれほど上等のものとは思えない。いちおう世界の中でかなりランクは高い。でも目の前のアメリカとの格差は開いてきました。

司馬――それは一言でいうと、日本社会の均一性が高まり、平凡な人々の集団であることを懸命に指向しています。

梅棹――独創を育てない社会です。正確でないかもしれませんが、コンピューターを小学校に入れようとしたところ、教師の間からものすごい反対があったそうです。おそらく負担が増えるからだということでしょう。しかしアメリカはとっくにやっています。小学校の低学年からコンピューターをいじらせるんです。それをしなければ間に合わない。コンピューターをすべての幼稚園に入れるぐらいのことは日本で簡単にできます。でもそれをやらない。コンピューターすべての基礎になる。だから高度の科学技術ではアメリカと差がついてきています。アメリカも相当混乱した社会ですが、内部崩壊はしないでしょう。

司馬──相当がっちりした構造ですね。普通なら人権問題をかかえて内乱が起きても不思議ではない要素があるのに。もし地球防衛軍を組織するとしたら、という冗談があるのですが、将軍はやっぱりアメリカ人だろうというのです。人種問題を抱えていてひとつずつ解決してきた。それは諸価値の総合者ですから将軍の資格があります。日本人はどうかというと下士官かなと。これは少しつらい。

梅棹──いま世界に求められているのは、結局、一種の英知ですね。経験の積み重ねに裏打ちされた英知です。ひとつひとつの事例について、こういうときはこういうことがあって、こう考えないといけない、と。英知というのは突然のものではなく、積み重ねです。ジャーナリズムの任務がすごく大きいのは、そこです。

司馬──伝統的な事なかれではなくて、積極的な英知を生みだす社会にならないと、つぎの世紀には落魄《らくはく》するのではないでしょうか。

第Ⅲ部　日本および日本人について

日本は無思想時代の先兵

司馬遼太郎・梅棹忠夫

解説

一九六九年の秋、雑誌『文藝春秋』の企画でわたしは司馬遼太郎と対談をおこなった。『文藝春秋』では、司馬遼太郎をホストとする対談のシリーズを企画されたようだったが、これがそのシリーズの最初のものであった。対談速記は一一月四日に京都でとり、『文藝春秋』一九七〇年一月号に掲載された(註1)。

文中、発言者として「——」でしめされているのは、編集部の発言である。司馬遼太郎とは、それ以前から交友関係にあったが、対談としてはこれが最初のものである。この対談は、のちに『日本人を考える』という題の単行本に載録された(註2)。この本はさきにのべた司馬遼太郎をホストとする対談シリーズをもとにしてつくられたものである。この対談集はのちに、文春文庫の一冊として出版された(註3)。

(註1) 梅棹忠夫、司馬遼太郎(著)「日本は〝無思想時代〟の先兵」『文藝春秋』一月号 第四八巻第一号 九四—一〇七ページ 一九七〇年一月 文藝春秋

(註2) 梅棹忠夫、司馬遼太郎(著)「日本は〝無思想時代〟の先兵」司馬遼太郎(編)『日本人を考える 司馬遼太郎対談集』 七—二六ページ 一九七一年八月 文藝春秋

(註3) 司馬遼太郎(編)『日本人を考える 司馬遼太郎対談集』(文春文庫) 七—三二ページ 一九七八年六月 文藝春秋

国民総大学出になったら

司馬——いま大学の数は、ひところの四〇〇からさらにふえて、六〇〇ぐらいだといいますね。これほどめでたいことはない、と数年前に梅棹さんはおっしゃいましたな。あれは驚いたな。

梅棹——ええ。大学の数は多ければ多いほどよい。少々中身がいかがわしいものがあっても、いずれそれは修正がききます。国民総大学出になったら、こんないいことはない。国力としては、結局、その方が勝ちです。ヨーロッパのように、人口五千万の国に大学が十いくつしかないといったことでは、これから先とてもやっていけないと思うんです。

司馬——大学というところはバカが利口になるという装置じゃないけれど、知的訓練に耐える体質を学生に与えることができる。そういう体質でないとやれないような分野の仕事が、いまやどんどんふえているというわけですね。

梅棹——相当に高度の知的トレーニングが、ますます必要になってきている。ある意味では、一億総管理職みたいな状態に近づきつつあると思うんですよ。いまの大学出は昔とちがって、あんまりエリート意識をもてなくなっている。ところが知的訓練だけはすでに相当にできている。これは大変に具合のいいことですね（笑）。とにかく全国民が大学に入ればいいんだけれども、なかなかそうはいかない面があるかもしれません。しかしいま、大学への進学率は相当に高くなっておりましょう。結構なことです。

史上最初の無層化社会

司馬――いつも思うことなんですけれども、いまの日本人の社会、これは人類が初めて経験する社会じゃないか。というのは、階級がまったくありませんでしょう。人間というのは、やはりある程度等級や階級をつくらないと秩序維持ができない面があって、弥生式の昔からずっと階級秩序で人間を統御してきた。ところがここへきて、まったく階級のない社会へ入ったわけで、さあどうやって人間が人間を整理したりコントロールしたりするのか、これは今世紀最大の興味点ですな。人類が社会というものをもって以来、初めて無階級状態を日本において経験するのですから。

もっとも、階級がないのを寂しがっているという社会現象がある。東京大学の社会心理的な地位が向上したのは、そのためでしょう。教育ママやマスコミが東大、東大と騒ぐのも、この無階級時代になんらかの階級代替物《だいたいぶつ》を探して秩序づけをやってみたいという面が、社会心理的にあるんじゃないでしょうか。

梅棹――そうかもしれません。しかし東大出といっても、昔みたいなエリートとちがいますな。どっちにしても大したちがいはない。いまの日本の社会、たしかに非常にフラットな形になりつつありますね。話は古くなりますけれども、サルからようやく人間に進化したころの社会は単層社会なんです。現在でも未開社会はだいたい単層社会です。それがいまから六〇〇〇年ぐらい前に、次第に重層化してくる。上になる奴と下で働く奴と、層が二つ三つと分かれてくる。

単層社会から重層社会へ。文明社会はみなそういう経過をたどってきている。日本もつい最近まで重層社会でやってきた。ところが戦後、そこから脱皮しかけている。今後どうなるかというと、無層社会です。一見、単層社会に似ているけれども、内部が非常に複雑になっていて、単層とはいえない。こういう無層社会というのは、いまだかつて人類は一度も試みたことがないわけです。われわれの社会は、人類史上最初の無層社会に突入しつつある、と私は見ているんです。

司馬――だいぶそんな気配になっておりますな。たとえばアメリカなんかどうなんでしょう。あれは最初、わりに無層社会的な状態から始まったんじゃないでしょうか。

梅棹――あれはむしろ既成のヨーロッパ社会の延長と見た方がいいですね。ヨーロッパの階層分化をごっそりもちこんでいる。いまでも太平洋岸から大西洋岸にいくほどに階層制がつよくなっていて、やはり当分はヨーロッパ的な社会ですね。それに黒人問題もありますし、日本の方がはるかに無階層、無層社会ですよ。

司馬――おそらく無層社会への進化という意味では、日本は世界の先兵ですな。

梅棹――まさに先兵です。

司馬――そういう無層社会に入りやすい基盤が、日本には歴史的にありましたね。たとえば徳川家の先祖は時宗《じしゆう》の遊行僧《ゆぎようそう》ということになっておりますけれども、あれは要するに当時の賤民《せんみん》です。それが流れ流れて、たまたま三河の山奥の松平郷に住みつき、実力を貯えて大名になっていく。日本というのは歴史的に見ても、非常に社会的な対流のいい国ですね。絶対的な支配階級もないし、下積みでどうにもならないといった階級もない。なんとかなる国なんですね。

梅棹――イギリスなんか階層間の対流が非常にむつかしい。ヨーロッパは日本よりもはるかに階層制の殻を残していますよ。

司馬――蒙古人やトルコ人なんかの遊牧民族の社会はどうでしょう。わりに無階層なんじゃないですか。

梅棹――いや、そうはいえませんね。トルコといえば、このあいだユーゴにいってきましたけれども、あそこはかつて五〇〇年ぐらいトルコの支配下で辛抱していた。それだけにいまでもよくトルコのことが話題に出るんです。あの強大なトルコ軍の主力部隊をなしていたのはイェニチェリ軍団というんですが、これはユーゴ人やルーマニア人からなる軍隊なんです。子どものころにセルビアやルーマニアあたりから徴兵され、トルコにつれていかれて小さいときから軍事訓練を受ける。これがトルコ軍の中核になるわけです。

ノーベル文学賞をもらったアンドリッチという人の作品に「ドリナの橋」という小説があります。主人公のユーゴ人がやはり子どものときにイスタンブルにつれていかれる。途中でドリナ河を渡るときに筏《いかだ》で大変に苦労をする。人々が難儀しているのをみて、よしオレはトルコで偉くなってここに橋をかけてやろう、と決心する。トルコで立身出世をし、ついには宰相にまでなって故郷の河に橋をかける。その橋が次には主役になって、その上を往来する人間たちを第二次大戦にいたるまで描いた大河小説です。

ですから当時のトルコ社会は、セルビアの田舎出が宰相になれるような仕掛けになっていた。その限りでは無階級的ですけれども、日本に似ているというよりむしろ清国に似ていますね。

軍事能力に秀れた日本人

司馬——つまり秀才登用の制度をもった官僚制度ですね。

梅棹——そういうことです。皇帝がものすごい権力をもっていて、それに直属の官僚群がいる。これが地方に赴任していって、猛烈な中央集権制度を形づくっている。日本のような地方分権的な状態とちがうわけです。

司馬——たとえば日本人というのは、オランダ語が必要だとなると遮二無二《しゃにむに》これにしがみつくけれども、間もなく英国文明の方が上だとなると、遠慮会釈もなく英語に切りかえてしまう。福沢諭吉(一八三四〜一九〇一)なんか、彼自身の前半生で個人としてそれを体験している。それから軍事面でも、幕末から維新にかけてフランス学がはやっていて、初めのころの士官学校なんかフランス語でやっていた。ところがフランスがドイツに負けたとなると、またたく間にプロシア式に切りかえて、学ぶ言葉もドイツ語になってしまう。

医学においても明治初年にドイツからホフマン(Theodor Eduard Hoffmann 一八三七〜九四)を招《よ》んで以来、オランダ語は弊履《へいり》のように捨てさられてドイツ語です。そういう遠慮会釈のないところは、どこか遊牧民のやり口に似ているんじゃないか。実はこのことを友人の陳舜臣氏にいうと、中国人にはそういうえげつないところはない。日本人のそういうところは、ひょっとすると遊牧民の気質が出ているんじゃないか(笑)。

私も日本は純然たる農耕社会だと思いますが、ときどき日本人をはるかな昔の遊牧民と結びつけて考えてみたくなる。これはまあ根も葉も見つからぬ空想なんですけれども。

梅棹――たとえば日本人が昔から軍事的組織能力に秀れているところなんか、遊牧社会の原理がかなり入っているでしょうね。あれだけ卓越した軍事能力は、農耕社会からはなかなか出てきません。

司馬――たとえば源義経が壇ノ浦で平家を殲滅《せんめつ》させた集中感覚や機動感覚をみてもそうですね。関ヶ原の規模を考えても、日本人の組織・運営の能力は大したものです。これは普通の農耕社会からは出てこないものかもしれませんな。

梅棹――昔から非常にミリタリスティックな国民ですね。いくさ上手です。

司馬――組織・運営力の上手な民族というのは、他にどこでしょうか。

梅棹――やはりイギリスでしょう。

司馬――スペインが後退したのも、イギリスの組織力にやられたからですね。

梅棹――会社の運営力なんかも、イギリスが第一等だった。

司馬――大坂夏の陣のちょっと前には、すでにイギリス商館の出張員が平戸、大坂、江戸に来ておりましたね。リチャード・コックス（Richard Cocks ?～一六二四）という商館の親玉が、日本の情勢の変化を本国に報《し》らせて、本国のより大きな判断を待つといったことをやっていた。大した組織力です。いまはまあイギリスは、そういう面での旧家になっていて、代わって出ているのがアメリカ、ドイツ、日本といったところじゃないでしょうか。

梅棹――ドイツはまだいったことがないので、実感としてよくわからないんですけれども。

司馬――ドイツ人というのは妙なところのある民族ですね。例のゲルマン騎士団が盛んにスラブとの国境を侵した時代、村単位で出かけていくんですけれども、天幕の中でほとんど性的な事故が起こらなかったそうですな。キリスト教以前のことです。どうも彼らには固有のルールがあったらしい。個人の欲望を充たすことよりも、ルールとかシステムとかのほうが大事だという思想で動く。そういう民族は一七世紀以降、とても得をしていますね。

梅棹――簡単にいえば自己規制がきく文化かどうか。自己規制のきく文化というのは、近世以降、たしかにつよいですな。

司馬――良し悪しは別にしてつよいです。

梅棹――日本人はわりに自己規制がきいている民族で、ヨーロッパでいえば北方的なものが主流になっていますね。ヨーロッパでも南の方は、たとえばメシを食うのに二時間から三時間かかる。日本人は昼食なら、早い人で五分間（笑）。食事を義務と思うか人生そのものと思うか、このちがいは大変なことです。日本人は食事を義務、必要悪だとみていて、早飯は侍の基本的心得の一つとされておりましたでしょう。

司馬――早飯、早糞ですね。

梅棹――それに早走り。食事をゆっくり楽しむことを罪悪視する。それより組織のためとか公共のためにエネルギーを捧げる。なにかをやるという目的合理性で自分を規制していく。これはかなりきつい文化ですよ。

司馬――中国人というのは現実肯定というか欲望肯定の民族でしょう。そこから出た儒教は、もともと禁欲的なものじゃない。ところがこれが日本に入ってくると、どこか堅苦しく禁欲的な道になってしまう。このあいだ、必要があって「葉隠」を読んでいましたら、こんな話が出てきました。衆道《しゅどう》つまり男色に家元というのがあって、この家元が弟子に衆道の極意をたずねた。弟子が答えて「好いて好かぬものなり」という。衆道に惑溺《わくでき》すると刃傷《にんじょう》沙汰が起こって侍が二人死ぬ、だから好きだけれども我慢するのが極意である、というわけです。その答えをよしとして家元は弟子に跡目をゆずるんですが、こんなマンガみたいなやりとりを大まじめでやっているんですね。何事にも自己規制こそ極意だというような考え方が日本人には以前からあって、それに儒教がのっかったために、どこか堅苦しい道《みち》のようなものになっていったんじゃないかと思うんです。

梅棹——似たようなことがヨーロッパにもありますよ。カトリックというのは陽気で、世俗的で、現実肯定的でしょう。これが北の方へいくと大まじめな、きついことになる。スイスのカルヴィンみたいなリゴリズム。まっとうにイエスの教えを実践して、自己規制の枠みたいなものになってしまう。これがプロテスタントの源流になるわけですね。

思想というのは伝染病

司馬——南の方のカトリック、これはどこそこの教会にいくと眼病がなおるとか梅毒がなおるとか、そんな格好で教会が存続していて、われわれがカトリシズムという名前で想像しているものと、だいぶちがうんですな。

梅棹──本場のカトリックというのは大変に大らかな、人生を丸ごと肯定してそれに飾りをつけたようなものでしょう。いろいろ規制はあるけれども、建て前は建て前として立てておいて、現実は現実でやるという知恵ができている。建て前と実際が一致しなきゃいかんという思想は、人類史のどこでどうして出てきたのか、面白い問題ですね。

司馬──日本人と思想の関係ですが、たとえば仏教が伝来したとき、聖徳太子という人はおそらく仏教を思想として理解して受け入れたのではなくて、一種の芸術的ショックにやられたんじゃないか。伽《が》藍《らん》とか仏像が金色燦然としていて、これに打たれた。カトリックが伝来したとき、織田信長なども芸術的ショックをずいぶんと受けたんですね。彼は一種の芸術家肌の人間で、ものごとを美的に受けとる方ですから、そういうところがわりにカトリックに好意的だった原因じゃないかと思うんです。

しかしまあそのカトリックも、思想としては日本に入りこめなかったですね。たとえば近畿地方に一時は五〇万人もいたカトリック信者が、江戸時代になるとその痕跡すら残さなかった。思想としても痕跡をとどめずに儒教に入っていってしまう。キリスト教のような一神教は、どうも日本人にはわかりにくいんじゃないでしょうか。

梅棹──日本にきたカトリックはジェスイットで、かなり厳しいカトリックです。そこらがわかりにくい原因になったのかもしれませんね。日本がたとえば地中海世界のちょっと横に位置していたとしたら、わりに上手に入っていたでしょう。というのは、いろいろな舞台装置が一緒に入ってきますから。ところが単身赴任してくるジェスイットの宣教師は、思想しか伝えるものがない。理屈だけをいうようなもので。

司馬――秀吉が、一夫一婦制でなければカトリックにいくらでも入信してやるんだが、なんていってるところをみると、ジェスイットの坊さんたちは相当に思想を正面きって押し出したんですね。

梅棹――思想というのは、なにか壮大な舞台装置があると、これにイカレる人間が多いでしょう。現実にさわれるもの、見えるものとセットになって入ってきた思想は、かなりつよいんですね。それのない思想は、だいたい一代か二代で消えてしまう。

司馬――たしかにそうですな。思想というのは論理的に完璧でなければいけないわけで、しかしそれば不可能だから、あらゆる思想はフィクションということになりますね。

梅棹――そうです、フィクションです。

司馬――そういうフィクションを信じるときには、狂気といったものが必要でしょう。カトリックでも尊皇攘夷でもマルキシズムでも。

梅棹――思想というのは伝染病みたいなもので、一度ひどいのにかかると当分免疫性ができて、次のがきてもかからない。仏教がやってきたとき、日本はいわば処女地だったからまともに感染して、あげく荘厳な舞台装置というか仕掛けをつくってしまった。そこへカトリックが手ぶらでやってきても、免疫ができているからかからないわけですね。

司馬――そうかもしれませんね。日本人の思想というのはいずれも海の向うからやってきて、それがいつも多分に悲劇的なんですな。キリシタンの受難にしてもマルキストにしても。それからたとえば水戸学の思想。あれは宋学（朱子学、陽明学）から来ていますでしょう。蒙古帝国に滅ぼされかけた南宋のインテリたちが、南宋こそ正統であるということをいわんがための、いわば尊皇賤覇《せんぱ》の思想なんですね。この宋学の一番ファナティックなところが水戸学に結実して、それが幕末の革命思想みたいなものになっていったわけで。

ところがこの宋学もまたフィクションでしょう。そのフィクションからさめたときに、他のものが望まれた。思想というのはアルコールみたいなものですから、さめてしまうと他のアルコールが必要になる。それがたとえばマルキシズムじゃなかったか。そんな事情が日本の思想史の一面にあるように思うんですよ。

室町時代の日本人に戻る

梅棹――近代日本のマルキシズムは、だいたい朱子学の後継者でしょうね。そういう役割を果しておりますよ。

司馬――たしかに朱子学の後継者ですね。ところでいかがでしょう、これから先、思想というものがいらなくなった文明の段階にきている、とみてよろしいんじゃないでしょうか。すくなくともマルキシズムやキリスト教なんかに匹敵し得る大思想はもう出てこない、出てきてもきわめて滑稽な形でしか出てこないような、そういう段階に入っている……。

梅棹――ボロを出さずに大思想を形成できる可能性が、どうやらもうなくなったという感じですね。

司馬――これからは思想のない状態で文明が無明長夜の中を進行していく、そんな感じがしますね。

梅棹——これから先、いったいどうなりますかな（笑）。

司馬——さっきの無層化社会のことですが、日本は社会的対流ができていいけれども、よその国の場合はどうなるか、これは面白いですな。日本の場合は、徳川時代がまったく異例でしたね。徳川家一つを守るために日本人全部に等級をつけた社会で、上にも下にもいけない。そのために三〇〇年間の平和が保てたわけで……。

梅棹——維新をやって天皇さんを立てたけれども、なによりもまず天皇家の安泰をはかるように全部を編成した。そのやり方はやはり徳川方式に倣《なら》ったんでしょうな。

司馬——ええ。天皇さんに服従しろということで秩序づけをしていこうということになったけれども、それには天皇さまはえらいものだということにしなくてはならない。そのために過去にモデルを求めて、将軍のようなものだといって、宣伝してまわった。だから明治初年の天皇さんの位置は、将軍とほとんど変わらない。それを明治憲法でプロシア皇帝みたいにして、それに日本古来の神道的な天皇制をくっつけたわけですね。

梅棹——朱子学の代替物がマルキシズムで、将軍の代替物が天皇さん。結局そういうことになりますな（笑）。

司馬——ですから明治から終戦までの天皇制というのは、朱子学の影響を受けたフィクションでしょう。このフィクションに目の色を変えていた県立中学の校長さんたちが、終戦を境に「もうそれはどうでもよろしい」と訓示する。これは校長さんが変節したのではなくて、酩酊《めいてい》からさめてもとのノーマルな日本人に戻ったという感じですね。

梅棹――非常にノーマルです。

司馬――校長さんに限らず、日本人みんなが終戦後、ツキモノがおちたように徳川以前、室町時代のあるべき姿の日本人に戻ったという感じですね。

梅棹――だいたい江戸・明治期、一六〇〇年から一九〇〇年が、日本の歴史の中では大変に異質な時代だったんですな。それから一九〇〇年から一九五〇年ぐらいがその解体期。追いつめられた土壇場で、外圧のショックでパーッと変わってしまった。そう見たらいいでしょうね。

司馬――その通りだと思います。いまのわれわれは室町末期の日本人に似ていますな。それでも室町時代には階級らしいものがわずかにあったけれども、いまはそれもない。どうやって日本人は暮らしていけばいいんだろう（笑）。

思うにこれまで日本人の帰属意識というものが、わりに社会を安定させてきた。つまり三井なり三菱なりに入社するのは、初任給四万なにがしを得るためではなくて、帰属するためであって、そうすることで本人も家族も安心する。給与よりも帰属したことに重きをおいてきた。それがそろそろ変わってきたんじゃないかと思うんです。

近ごろの大学生、必ずしも大企業への帰属を望まない学生がふえている。他にもっとインスタントにいろいろな欲望を充足させることがあれば、そっちの方にいっちゃう。なにしろ東大出のプロ野球選手や歌手が出る時代でしょう。

ほんの数年前までの日本人というのは、そういうことを考えなかった。考える人間は風変わりな人間と思われましたね。

大企業は昔の藩と同じ

梅棹――うちの息子は鴨沂《おうき》高校、いわゆる名門校を出たんですが、これが高校時代から無茶苦茶な脱線で、いまだにどこの大学にいくでもなし、どこに就職するわけでもない。なにをしているか、というとこの三年間、数人の仲間と組んで気球の開発をやり、このあいだ日本最初の熱気球というのを飛ばした。

なにしろ巨大な気球なので、北海道までトラックで運ばないといけない。そのトラックをトヨタが貸してくれた。これに乗って息子が鴨沂高校に用事があっていったところ、先生が窓から顔を出して「梅棹くん、よかったね。きみ、トヨタに就職したんか」そしたら息子が怒って「バカにするなッ」（笑）……ぜんぜん意識がズレているんですな。

司馬――なるほどねぇ（笑）。

梅棹――先生にしてみたら、あのハシにも棒にもかからん不良が、どうやら大企業に就職してくれたと喜んでくれている。ところが本人にしてみれば、こんな侮辱はない（笑）。新聞にも熱気球の記事がのりましたけど、仲間はみな大学生でしょう、息子ひとりだけ、いちいち誇らし気に「無職」といってる（笑）。おかしかったですよ。親父としてはかなわんですけれど、考えとしてはおもしろい……。

司馬――おもしろいなあ。そういうのが出てきたわけですよ。日本人が大きな会社への帰属を喜ぶ、それだけを目的に受験勉強をして大学を出る、というのはおそらく徳川時代の、まったく丸がかえの藩制度からきているると思うんです。

梅棹──同感ですな。いまの大企業というのは完全に藩ですよ。みんな紋章入りの紙袋をもってね（笑）。

司馬──日本社会の一部に変性組織ができてきましたな、梅棹二世の出現などによって。

梅棹──ああいうフリーが出てきたんですね。おもしろいですな（笑）。

司馬──組織を離れると名状し難い淋しさがあります。私なんか会社を辞めて半年くらい軽いノイローゼが続きました。オレはいまから一人なんだということを、相当にがんばって自分にいい聞かせたんですけれども、いまの若い人はごく自然にスッといっちゃう。

梅棹──そういうのはまだ少数だけれども、出てきたことは事実ですね。

司馬──頭のいい子ほどそうなる。

梅棹──しかし、ああいう組織離れした奴というのは、いったいどうなるんですかなあ。なにしろ初めから組織に対する価値観が欠落しているわけですよ（笑）。おもしろい現象ですな。

司馬──そこらへんから次の新しい社会の重要な部分が出てきそうな感じがしますね。

梅棹──若い人で、会社を未練気もなくやめてしまうのがふえましたな。組織への帰属意識が薄くなってきている。流動状態に入りましたね。

司馬──ソニーなんか、よその会社をやめた人間を集めていますよ。「出るクイを求む」とか「英語でケンカの出来る人を」といったキャッチフレーズで。

梅棹──組織というのは一度できてしまうと、その目的追求よりも、組織の維持自体が目的になってしまうところがあるでしょう。会社でもそうですな。しかしもうそろそろ、組織の維持を目的としない組織ができてもいいころですね。

解散経営学のすすめ

司馬——映画会社なんか、直接の映画づくりに関係のない人件費が予算の七〇パーセントをしめているんだそうです。あとの三〇パーセントで映画をつくっている。これではいかんというので、映画をつくりおわって目的を果したらパッと解散してしまうような組織、従来の組織観からすれば組織ともいえないような組織づくりが出てきましたね。

梅棹——破壊工学というのがあるでしょう。いかに上手に壊すかという技術です。ものをつくるときに、初めから壊すときのことを考えてつくる。建物をたてるのに壁に火薬を仕こむための穴をつくったりしてね。同じように会社組織でも、目的を達したらつぶすときのことを考えて、あらかじめ内外に害をおよぼさないような組織づくりをやる。経営学にもそういうのが必要になってくる。破壊工学にならって、いわば解散経営学ですな。そういう会社組織が出てきても、いいはずだし、また出てくるでしょうね。

司馬——これから世の中、どんどん変わっていきますな。

梅棹——そんなふうに考えてみますと、いまの日本はものすごい変革期にさしかかっていますね。おそらく明治維新以上の一大変革期ですな。明治維新なんか関ヶ原の後始末みたいなものですけれども、すでにいま始まっている変革は、日本史上最大のものでしょう。

司馬――たしかに最大の変革期ですな。いまから新しい時代が始まる感じですよ。そのモメントというか動力は、やはり生産力が巨大になったことでしょうな。職人が一日に一着つくっていた洋服が、いまではボタンを押しただけで一万着できちゃう。あまりボタンを押しすぎると生産過剰で、地球上に物があふれちゃうというような、妙な時代になってきた。そうするとオレは変なボタン押しとは関係のない人間になるぞ、ひいては働くことはすなわち罪悪である、といったような考え方をする人間が出てきた。

そういう人間も実はボタンを押している人間が食べさせているわけだけれども、とにかくみんなに働かれると困っちゃう、遊んでいてくれる人間がいないと困るような具合になってきたんですね。だいたい世の中の仕事というのは、衣食住の生産に関係あることをいうんでしょう。ところがテレビタレントなんかが「近ごろは仕事が忙しくて」なんてことをいっている。あれも小説家も従来の考え方からいったら仕事じゃない。

趣味でギターひいていたら偶然に人気が出て、人から投げ銭がくる。これを「仕事」として劇場から劇場、テレビ局からテレビ局へと忙しそうに走りまわっている。これがまあ第一波だとすると、それすらもしないでひとりでギターひいて歌を歌って、およそなんにもしないのが出てきましたな。なにもしない人間が必要になってきた。こいつが何か仕事をすると生産過剰になる、それは本能的に知っているのかもしれない（笑）。

梅棹――いや、はっきり思想的に意識しておりますな。人生の理想はなにもしないことだ、というふうに。

うちの息子の気球にしても、われわれ大人なら、そんなことをしてなにになるかということが先にくる。ところがただ空にプワプワと浮び上がることだけが目的なんですな（笑）。浮び上がったらあとはいらんと折角つくった気球を北海道大学にパッと寄付してしまった。それを手段になにかをやろうなんていうことは軽蔑すべきことだ、というふうになっている。じつに不思議な思想です。われわれならなにか役に立つかもしれないと思うでしょう。ところがそれは、彼らにしてみると悪なんですね。

司馬――自覚的に悪だと思う人間が出てきたんですな。

梅棹――私、情報産業論ということをいい出したんですが、これは要するに農業の発展の上に工業が展開し、それを土台に社会を動かす主力が情報産業の方に移っている、ということです。いまものを生産する人間は昔でいえばお百姓なわけで、ものが生産過剰になるというのは、米ができすぎるというのと同じなんです。

司馬――古米騒ぎが象徴的な例ですな。

梅棹――さっきの話の一六〇〇年から一九五〇年ぐらいまでが農工時代。そのあと情報産業時代の黎明《れいめい》期に入ったわけで、それにふさわしいものの考え方の原理がそろそろ出てきているところですね。

司馬――いまベトナムでアメリカが戦っていますけれども、あれはなにもあそこに植民地をつくろうと思って始めたわけじゃない。なにかきわめて子どもっぽい正義感とか力の表現欲が動機で始めて、いまや莫大な国費を投入している。一方、韓国にも長い間ほとんど無償の金を大量に投入している。それでもアメリカはわりに平気な生産社会になっている。戦術・戦略的にいろいろな小理屈はつくんでしょうが、一つの民族がもう一つの民族のためにただで金をやるのはなぜなのか。そんなことはかつて人類史になかったことなんで、そこのところに大きな理屈がどうしてもつけられないんですけれども……。

梅棹――あれは、ただで金を出さないと、もたないようになっているんですよ。

司馬――そうらしいですな。そのベトナム戦争をなんとかやめさせようという「ベ平連」のような動きもありますけれども、一方に、そんなことにはわれ関せずで、気球をあげたりギターをひいたりすることが人類として一番正しい姿なんだ、という人間が出てきているわけですな。それもこれも同じ共通項でくくれる現象かもしれない。

これまでの大人なら、お前は怠け者だ、もう少ししっかりしろ、なんていうべきはずのところを黙っていますね。それどころか羨《うらや》まし気に見ている。ひょっとすると、あいつのいうことの方が本当かもしれんぞ……。

梅棹――（大笑して）おかしいことですな、これは。大変におもしろい。

――このあいだ友人の結婚式に出たんですが、これが新宿のフーテンなんです。その兄貴というのが東大を出て大会社の秘書課長、エリート・コースなんですが、これが挨拶に立って、弟が羨ましくて羨ましくて仕様がない、弟の生き方の方が本当じゃないか……といったようなスピーチをするんですね。

梅棹――一億フーテン化時代の開幕（笑）。

戦争をしかけられたら

司馬——これからの日本は、国際環境さえ許すなら、一割の人間が会社に帰属して働き、あとの九割はどこにも帰属しないでギターをひいていればいい、といったようなことになるんじゃないですか。

梅棹——働くことの意味内容が変わりつつありますね。工業時代の観念からいえば、ギターをひくといったようなことは労働のアンチテーゼだけれども、これからはそれが新しい情報価値を生むことになる。一見遊びとみえることが、実は新しい情報価値を生む。まァわれわれのやっていることも、遊びの部類ですな。

司馬——ええ。しかしまだわれわれがいまひとつ遅れていると思うのは、遊ぶ能力がないことですね。遊びには才能が必要ですよ。熱気球を着想して、それをつくって飛ばすには才能が要る。

梅棹——これから教育というものの目的があるとしたら、遊びの能力、いかにうまい遊びを発見・創造できるかというところにあると思いますね。

司馬——なるほど。

梅棹——情報産業といってもまだ黎明期で、なんか能率をあげるための手段だと思われている面がある。しかしこれは能率とは関係がないんです。創造というか遊びの精神にかかわりがある。いまに才能のある非帰属遊戯者が沢山でてきますよ。

司馬——そういう連中が楽しく遊べるような社会をつくるのが、政治の目的ということになるでしょうね。

梅棹――政治そのものも、だいぶ遊びになってきつつあるんじゃないですか。まだ完全な遊戯になりきらずに、なまじ力を残しているからこそ、われわれが迷惑をするところがあるわけで。いずれ政治というものの力を縮小していって、完全な遊戯にまで追いこんでしまえばいいと思うんです。

司馬――賛成ですね。やっている本人は血相を変えているけれども、じつは人畜無害の遊戯にしかすぎないという形、それが理想の政治ですな（笑）。戦後は権力が拡散して、政治が調整役に甘んじてきたけれども、どうせこの先の仕事も調整しかないのなら、電子計算機で調整の答えをはじき出させるような、透明な機械的コントロール・タワーになってしまえばいいんじゃないでしょうか。

梅棹――事実、そういう要素が出はじめているでしょう。昔にくらべて政治が占める重みは、はるかに小さくなってきていますね。

司馬――ついには、あるのかないのかわからんぐらいに小さくなってしまえば、いいと思いますね。異常な国際環境さえなければの話ですけれども。

梅棹――いまでも政治なんて、国際的緊張を抜きにしたらほとんど無意味になるでしょうね。政治の大部分がそれにからんでいるんですから。

司馬――困ったことには、日本に遅れて進化の過程をたどっている国がたくさんありますね。これが革命をやって組織を一新する。するとこの組織をテストしてみたくなって、どうしても戦争がしたくなる。新しくできた労働組合がストライキをやってみたくなるのと同じようにですね。

梅棹――やってみたくなるでしょうな。

司馬――戦争をしかけられたらどうするか。すぐに降伏すればいいんです。戦争をやれば一〇〇万人は死ぬでしょう。レジスタンスをやれば一〇万人は死にますね。それより無抵抗で、ハイ持てるだけ持っていって下さい、といえるぐらいの生産力を持っていればすむことでしょう。向うが占領して住みついたら、これに同化しちゃえばいい。それくらい柔軟な社会をつくることが、われわれの社会の目的じゃないですか。

梅棹――目的かどうかはわかりませんけれども……いいビジョンですな。

司馬――日本の防衛ということを考え出したら、大東亜共栄圏をつくるしかないんです。幕末のころ島津斉彬《なりあきら》（一八〇九～五八）も鍋島閑叟《かんそう》（直正、一八一四～七一）も共栄圏論者でした。斉彬がいうには、東北の諸侯は沿海州から満州に入れ。中国の諸侯は支那本国に入れ。九州の諸侯はニュージーランドまでいけ。ニュージーランドという名前を知っていたんですな。それから近畿の諸侯は本国を守れ。それ以外に日本という地理的条件にある国を守ることはできない、といっている。これが日本の国防思想の原型なんですね。

ところがいまそんなバカなことはできやしません。現に二十数年前、大東亜共栄圏の迷妄《めいもう》から醒めている。あとは沿岸防備です。これはもう戦車がいくらあっても足りない。チェコにいったソ連の四〇〇〇台の戦車を日本でつくるとすれば一台何億円。そんなものを数そろえたら、それだけで日本は貧乏してしまいますよ。

ですから自衛隊をまともに防衛の主体だと思っていると、国を誤りますね。あれは国の一種の装飾品なんだと弁《わきま》えるくらいに大人にならないと、日本の防衛は危いですな。ぼくだってかつては戦車兵だったから、兵隊さんの気持はよくわかりますけれども。

世界の交差点で酒盛り

梅棹――日本人もだいぶ大人になったんじゃないでしょうか。子どものころは病気もしたしケンカもしたけれども、もう病気もケンカもしない年齢に達した。大人の知恵というか勘をもつようになったと思うんです。

司馬――たしかにそうですね。だからいま一億一心で銃をとれといっても、とてもそれはできる国じゃありません。

梅棹――できませんな。

司馬――だからそういう妄想は捨てなきゃいけない。歴史というのは絶対にもとに戻らない。それを踏まえた上で覚悟のアグラをかき、前を見なきゃいけませんね。七〇年安保を前にいろいろ騒ぎがありますけれども、みんなお祭り騒ぎにして風俗化してしまえばいいんですよ。そこまで日本人は成長しているはずなんです。騒ぐ方だって見物されているという意識があって、演技者の気分でやっているわけでしょうし。

梅棹――ゲバルトはショーの演出とまったく同じ原理に立っている。いかにカッコよくみせるかということでしょう。報道されることを前提としている。

司馬――だいたい日本は国際環境からみたら不幸な位置にあるんです。アメリカとロシアにはさまれて、両方から睨まれている。両国とも膨張本能がないとはいえない国です。いわば日本は交通の激しい交差点の真ん中にいるようなもので、それならそれで、いちいちソレ信号が変わったぞとか、やれ向うから車がやってくるとか神経質になっていたのでは、とてもつとまらない。いっそゴザを敷いて酒盛りでもするしかないわけですね（笑）。

梅棹――ああ酒盛りやっとるというので、向うでよけてくれますよ（笑）。

司馬――すでに日本という国はそういう意味で、すでに強靱な社会になっているんじゃないでしょうか。

梅棹――あまり前例のない社会をつくりあげる可能性がありますよ。

司馬――これからの日本の社会、ゲバルトを相当に包容しながら進行すると思うんです。たとえば公害の問題なんか、裁判所に訴えるより、みんなでその工場にいって滅茶苦茶にブチ壊した方が早いですよ。そうしておいて裁判へもっていって一人頭五億円くらいの損害賠償を請求する。そういう小さな市民的暴力の他に、管理社会における企業組織の膨張本能に反省の機会を与える方法はありませんね。これは思想じゃない。思想なんてものは、もう役に立たたん時代ですな。

梅棹――思想というのはさっきの組織への帰属意識と、どこかでつながっていますね。ところがどこにも帰属しない人間については、思想的コントロールがききませんでしょう。となると大変ですな。無思想・無帰属人間をわんさとかかえた無階層社会――人類が初めて経験する社会に、われわれは踏みこんでいるわけです。

司馬――まさに世界の先兵ですな。そういう社会をどうみるかについて、だれもまだ考えてはいないようですね。

梅棹――自覚された形での考察は、きょうが初めてでしょうな（笑）。

日本人の顔

司馬遼太郎・梅棹忠夫

解説

一九七五年、朝日新聞社は週刊雑誌『週刊朝日』で、「『わが家のこの一枚』に見る日本百年」を企画し、全国から写真を募集した。写真は幕末から明治、大正、昭和のはじめにまでわたるもので、まさに日本の一〇〇年を回顧するにたる資料であった。それは『週刊朝日』にすこしずつ連載されていたが、この写真のために増刊号が刊行されることとなった。

わたしと司馬遼太郎はこれらの写真を目のまえにして、この増刊号のために「日本の顔とスタイルはどうつくられたか」と題する対談をおこなった。対談は一九七五年二月に大阪で速記をとり、三月二五日づけの『週刊朝日』増刊号に掲載された(註1)。

この対談はのちに司馬遼太郎対談集『日本人の顔』に載録された(註2)。この対談集は文庫版もつくられた(註3)。本書に収録するにあたっては、文庫版を底本とした。また、表題を「日本人の顔」とあらためた。

文末の註記にあるように、これらの写真は所有者の許諾をえて、コピーをとり、国立民族学博物館の映像・音響資料室に近代日本の風俗史資料として保管されている。それらは一八六一年から一九七五年ごろに撮影されたもので、点数は二九九六点におよび、『週刊朝日』に一九七四年一〇月から一九七五年一二月まで連載されたものをふくんでいる。

（註１）司馬遼太郎、梅棹忠夫（著）「日本人の顔とスタイルはどうつくられたか」『週刊朝日』（増刊）三月二五日号　第八〇巻第一三号　通巻二九五〇号　五八―六五ページ　一九七五年三月二五日　朝日新聞社

（註２）梅棹忠夫、司馬遼太郎（著）「日本人の顔」司馬遼太郎（編）『対談集　日本人の顔』　一二九―一五〇ページ　一九八〇年八月　朝日新聞社

（註３）梅棹忠夫、司馬遼太郎（著）「日本人の顔」司馬遼太郎（編）『対談集　日本人の顔』（朝日文芸文庫）　一五三―一七七ページ　一九八四年五月　朝日新聞社

幕末志士の顔

司馬――どうも、お相撲の顔がよくなりましたね。ぼくらこどものときの相撲取りの顔というのは、双葉山とか安芸ノ海とかというのは今様ですが、すごい顔が多かったでしょう。男女《みな》ノ川とか出羽ケ嶽なんかでこぼこ顔で。ところがいまは相撲取りはみんな京人形の市松人形みたいな顔で。栄養状態がよくなったんでしょうな。みなまるうなってる。

ここでいえることは、二つありそうです。面長がなくなって丸顔の時代になった。いつの時代か知りませんよ、大正が終わるころから丸顔になったんじゃないかとぼくは思うんだね。要するに面長の馬面というのがすたれた。江戸時代の役者でも、やはり馬面でないと美男でないでしょう。そういう傾向が一つありますね。

もう一つは、幕末から明治はじめの写真を見ますと、明治時代にいた台湾の生蕃《せいばん》のような顔をしてますでしょう。高砂族みたいな顔をね。剽悍《ひょうかん》といえば剽悍だけれども、ソッパというより歯が全体に出てて、額と顴骨《ほおぼね》が盛り上がってる。写真がいまの写真でなくて一方からしか光を出さないから、陰影が深くて、戊辰《ぼしん》戦争の勇士と書いてあっても、なんだか首狩りにでもいくのかなというような感じでしょう。歌舞伎や映画、テレビの時代劇で、みんなお侍さんというのは白塗りできれいな人が出てくる。それで髷《まげ》なんかでもきれいに結ってると思うイメージがあるが、生《なま》のお侍さんを見ると、これがおれたちの先祖かと思うほどすごい顔してるでしょう。この二つは変化がありましたね。どうなんでしょうね。

梅棹──特に勝海舟と同時代の侍たちの写真などを見ると、ほんとにものすごい顔してますね。まさに精悍という感じだ。これは、いまおっしゃったきれいな侍の時代から、ちょっとわたしはずれてくるんだと思うんですよ。きれいな侍というのは、徳川中期ぐらいまでで、幕末から何か全体に精悍になってきよったんやないか。

司馬──それと写真を写す階級が、当時は奔走家が多かった。出身は足軽、郷士の類ですからね。本来百姓やってるのが鍬《くわ》を捨てて出てきたわけですから、上層武士とは違うんですね。たとえば遣米使節団の写真なんかありますでしょう。旗本のお歴々だから、あれなんかはさっきの双葉山、安芸ノ海の顔をしているんですけれども、幕末の戊辰戦争の兵隊とか志士とかというのはすごいですな。

一つは幕末・明治のはじめまでは、写真の技術が一分間ぐらい息をつめてなきゃいけないんでしょう。だからどうしてもきばってくる。近藤勇の顔なんかそうですな。あれ三分ほどがんばってる顔ですな（笑）。

写真の迷信

梅棹──もう一つは、写真というものをどう考えていたかという、写真の精神現象学がある。こわいということがあったんやないですか。

司馬──それはありましたですね。生命力を吸い取られるという。

梅棹――これは世界的にありまして、かなり広範囲に「吸い取られる」という迷信が分布しているんです。たとえば、いまでもあると思うんですけど、エチオピア人を撮ってる写真というのはおもしろい。皆何か非常におもしろいポーズをするんですね。踊るようなポーズしてみたり、まともに写すと具合悪いらしい。

司馬――つまり斜めに構えることによって魔を逃れる。

梅棹――そういうことがあるんじゃないですか。西洋にも、おそらくそれがあったんじゃないかと思うんですが、昔の写真を見ますと、ドイツとかアメリカあたりでも、みんな横向いてるんです。並んで写っていても、斜め向いたり、横向いたり、ばらばらなんですよね。あれは何かそういう悪魔に対する対抗策というようなことがあるんだと思う。

司馬――明治期いっぱいの日本の記念撮影もそうですね。家族写真でも横向いたりして、正面写真というのは少ないですね。型があるんだな。

梅棹――型がある。みんながまっすぐ向いて端然と写すようになったのは、比較的新しいと思うんですよ。

司馬――写真についての迷信というのは戦後になくなるぐらいでしょう。戦前までは三人並ぶとそのまん中のほうは死ぬとかね。だから、まん中に人形を入れて、人形が人形《ひとがた》みたいになって、そいつが死んだということになりますな。

梅棹――そういう影響もだいぶあるでしょうね、初期の写真には。

司馬――幕末の写真の値段というのは高いんです。一両だったと思いますけどね。一両というのは高いですね。女中さんが一年間奉公して三両といくらというような時代ですからね。ところが三人で撮りに行ったら割安になるんじゃないかと思うのは間違いで、三両取られるんですな(笑)。この計算もおもしろいですね。

長崎の上野《うえの》彦馬《ひこま》という写真師はもう金の使い口に困るほど儲けたらしいですね。

梅棹――日本旅館システムですね(笑)。

司馬――一部屋に何人押し込まれても、一人ずつの値段を取られてしまうわけです。

梅棹――まことに不合理や(笑)。どういう勘定なんですかね。

司馬――おそらく上野彦馬あたりがつくり出した勘定なんでしょうか(笑)。

梅棹――写真を撮るチャンスが非常に少ない当時にあって、同じ侍の写真が二枚も『週刊朝日』に読者募集で寄せられたそうです。小倉の小笠原藩士、福井幸次郎といって扇子を広げて気取るというか、肩を張っていますが、もう一枚は何も持たずに、写真なれしたのか、のびやかに写っている。

司馬――大阪の藩邸詰めだったんですね。これは長崎で撮っているのか。

梅棹――上のはえらいきばって写してますね。

司馬――そうですね。明治四年にこの人は大阪府の取締番卒、巡査の前の名前ですね。月給五両で任命されている。さっきの私のレートが正しければ、彼は月給の五分の一をさいて(笑)、この写真を撮っていたんだ。

梅棹――それを二枚も撮ったんや(笑)。

司馬――しかも独身のままで若死にしているなあ。

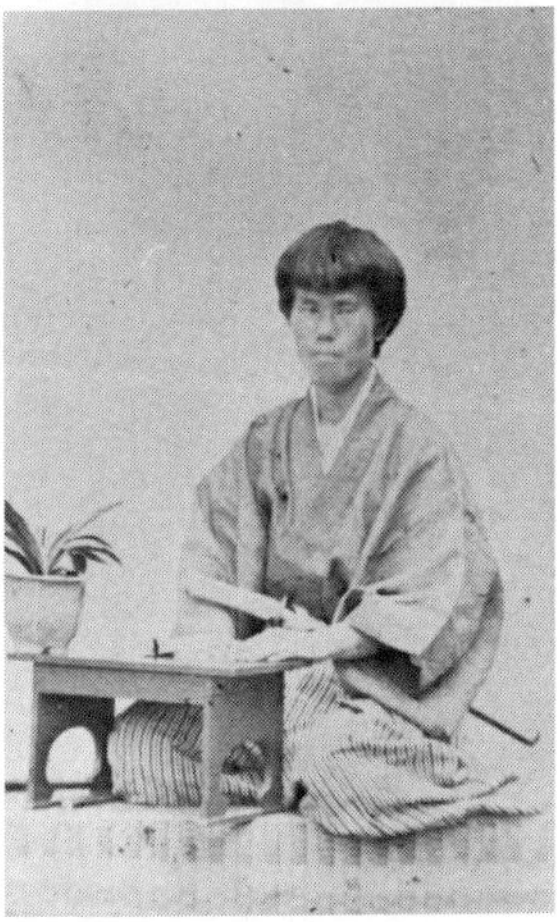

小倉小笠原藩士　福井幸次郎、
明治４年６月撮影
国立民族学博物館所蔵

絵に描かれた日本人

梅棹――幕末、明治のちょっと前、西洋人が撮っている写真がたくさんある。それには、ひどい写真がなんぼでもある。女の写真でも無茶苦茶の写真を撮ってる。そういうのを平気でまた撮らしたというのは非常におもしろいと思うんですがね。何分間かじっとして撮らしている。それが残っているんですね。

司馬――幕末当時にやってくる西洋人というのは、しろうとでも博物学とか人類学的興味を持っている時代でしょう。くろうとになると、未知の日本の動物、植物、人間を含めて風俗、それをヨーロッパに報告することが一番乗りの功名というように思ってたわけですから、その気分で、いろいろしてますね。女にちょっとしどけない格好させたり。

梅棹――しどけないどころじゃないんですよ。あられもないものがたくさんあるんです。そんなんばかり撮り回っとった西洋人がおるんですな。それから明治初期の版画というか、エッチングですね、あいうものがありますね、日本の風俗の。

司馬――エッチングも相当なものですな。

梅棹――非常におもしろいものがありますよ。一生懸命これはおもしろいものが出てきたと思うて、絵描いたり写真撮りまくりよったんでしょうな。そういう西洋人の描いた絵なんか見ると、あまりいまの日本人と違わんような気がする。体格は非常に違うんですけれど。顔自身が変わったというよりも、何か写真に対する文化的な問題のほうが大きいんじゃないか。だから絵のほうが真実を伝えとる。絵で見ると、日本人はそんなに変わっとらんのや。三分間じっとしてんならんというような影響もあったかもしれんけど。

司馬――写真の場合は、ちょっと様子をつくりますからね。エッチングだと、かえって瞬間の動作みたいなものが出ますでしょう。たとえば背筋をピンとして、足の脛を伸ばして歩いてる格好のはいませんわね。どちらかというと、日本舞踊とか剣術とかがそうであるように、腰を落として、膝をくの字に曲げて、スプリングがよくきくように歩いてるというのが、だいたい運動中の日本人の典型ですな。あれはたとえば中国人、朝鮮人にはありませんでしょう。中国人、朝鮮人はしゃんと歩いていますでしょう。

梅棹――江戸時代の浮世絵はじめ絵がうんとありますわね、職人づくしとかね。一七世紀ぐらいからたくさんありますけど、それが全部そういう姿勢になっている。もう少し古い中世からそうです。全部キュッと膝から曲げて歩く。

司馬――くの字型ですね。あれが日本人の運動を始める場合の基本的な姿勢なんでしょうね。相撲でも、全部、膝を曲げて、腰を落とした格好でしょう。

梅棹――このあいだ私は、テレビで日本人のオペラを見たんです。やっぱりそういう格好ですね。西洋のオペラをやってるわけですがね。西洋人の格好をした女の子の歩き方が、スプリングがきいてるわけですよ（笑）。じつにおもしろい感じやね、これ。何とも日本人的でね。

くの字型の基本姿勢

司馬――あれはほかにはないんですよね。日本人はそれをもうルールにしてしまってるでしょう。きまった厳格な運動律みたいな、つまり舞踊とか武術とかという、そこでルールにしてしまってますから、だからよほどあれは大事な姿勢なんでしょうな。

梅棹――日本の舞踊論を本格的にやった人の話を一ぺん聞きたいと思ってるんですけど、舞踊の基礎というものはどうなってるのか。一七世紀ぐらいの日本の風俗絵で、踊ってる絵があります。やはり非常に類型的な姿勢になってますね。歩くんじゃなくて、踊りがそうなんですね。非常にスプリングがよくきいた踊りになってる。

司馬――ぼくはこどものときに見た映画の記憶でいうと――嵐寛寿郎のチャンバラ映画ですがね――、嵐寛寿郎が中庭から廊下に飛び上がって濡れ縁を走っていく姿は、いまから見ると漫画みたいな格好なんですが、腰を落として膝を曲げて、中腰かな、何腰というんですかね、それで実にサラサラと歩いていく。一種の美しさがあるし、一種の滑稽感もあるんですが、それがいまの時代劇の役者ならドタドタ走るでしょう。だからどうも姿勢というものは、基本的にこうあるべきだという共通の何かがあったんじゃないですかね。

ぼくは所郁太郎という幕末のまあ無名志士の写真を以前に持っていた。幕末に美濃の赤坂の医者の息子で、百姓身分ですが、緒方洪庵塾にきて書生になりますと、大小差すんですな、浪人と称して。それが幕末の乱れなんですけどね。大小差して、志士化しまして、長州の人間と親しくなって奔走するようになる。井上聞多が藩内の内紛で三〇カ所ほど大小の傷を負うぐらいに斬られ、もう死にかけてるのを畳針で縫って一命をとりとめさせた。ほどなくこの医者のほうが死んじゃうんですけど、この人の写真というのは、劇中の人物のようなポーズをつくってますな。草原で旅行用の韮山笠を膝に置きまして、それで横向きで遠くを眺めてるんですよ。ちょうど立て膝の姿勢をとって、いまから立ち上がるというような雰囲気の姿勢で、ちょうど舞台の袖で役者がそういうしぐさをしてるいう感じなんですよね。

日本だけでなくて一九世紀というのは猛々しい時代ですから、日本は特にそれに触発されて、猛々しくなかったら国家が滅びるとみんな単純に思っているときですから、しかも劇的な仕事の中に自分を置いてる。ですから、どうしてもポーズが芝居がかるのでしょうな。所郁太郎がその一枚の写真を残してくれたおかげで、ぼくは、所郁太郎観というのはあの写真を通してしか見られないんです、どうしても(笑)。だから写真というのはかえって想像力を狭くすることもあるなあ。

時代で違う美人

梅棹——顔についていえば、私はこの「わが家のこの一枚に見る日本百年」(『週刊朝日』一九七四年一〇月一一日号~同年一二月一二日号)の古いところから見て、ちょっといたずらをしてみたいという気持ちがある。色調やらで非常に印象が違いますから、一ぺん顔を全部絵にしてみて、ちょん髷《まげ》のところを全部普通の七三とかね、そういう髪型に変えてみよう。そしたら、どうなるやろか。つまり比較的骨相学的部分だけは残るようにして見たらどういうようになるか。

そうすると意外に変わっとらんのじゃないかということを考えてる。精悍さというものは、案外そういう文化的なものでしょうから、こういう一人ひとりの顔も洗い流して、ちょん髷取って普通の頭に乗せてみたら、そのへんにおるアンちゃんの顔と同じじゃないかというわけですよ。さっき司馬さんがおっしゃった価値の変遷、流行はある。つまり面長があかんようになったとか、だんだん丸顔が優勢になったとか。女がそうですわ。優勢ということは、そういう顔が大きな顔で歩き出したということで、それまでもあったんやけれども、小さい顔しとった。それがパーッと前面へ出てきたという変遷は明らかにある。しかし全体としての骨相というか、日本人の顔そのものは、案外変わってないかもしれない。

司馬——そういうものかもしれませんけど、おっしゃるように価値観の問題があって、たとえば女の顔ですけど、秋田美人というでしょう。たしかに秋田に行くとコーカサス型の美人ですね。しかし明治前に秋田美人という文献や言葉、ぼくの見るところないんです。だから明治後、横浜に外国人がきて、外国の女でこれ美人や、というのがいて、ああ、おれんとこにも似たのがおる、秋田にいるということがあって、秋田美人が新しい価値で登場したわけで、いまはもう秋田美人といって普通にいいますけれども、あれは明治以後の美人でしょう。

明治以前、決定的な不美人といわれたのは、鳩胸に出っ尻ですわね。鳩胸に出っ尻はいまは猛烈な価値でしょう。ボインですからね。出っ尻はスカートをはくとよく似合うわけで、だからそうでなけりゃならんみたいになってるわけですけれども、やはり時代による価値観の問題がありますね。これはまあ体のほうだけど。

梅棹――顔の問題と体の問題とは違うんです。顔については、表情そのほか文化的ないろんな装いは変わったけれども、骨相的にあまり変わらない。ただ体格そのものは、価値観とともにものすごく変わってる。これはえらい違いです。

これも一つのいたずらで、わたし、考えているんですが、明治以後のいろんな人の写真がありますね。これのプロポーションを復元する測定法をつくってやろうと思ってる。座っている写真から適当に測定して、ちゃんと立ったスタイルでどういうプロポーションになっているか、復元する方法がないか。いまとえらい違うはずだ。非常にむつかしいことですけどね。見当つけてやってみると、だいたい五・五等身ですわ。だいたい明治の前期で、日本の女の成人の平均身長が、ほぼいまの小学校の六年生ぐらいでしょう。それくらいの差があるんです。顔よりも日本人の変化というものは、やはり体格においてものすごく変わった。

表情とポーズ

司馬――女の顔は印象としてはあまり変わってない。

梅棹――私もそうだと思う。女のほうが顔の変化が少ない。男のほうは表情とか気迫とか、そういう受けた印象がえらい変わっとる。

司馬――そうですね。ちょっといまは魂の量の少ない顔が多いでしょう（笑）。若い人みてると、やはり剽悍というのはそれだけで価値があるわけでないんですけれども、どうもやはりいまは腑抜けたような顔が多い。

明治の初年にやってきた外国人で、あれは言語学者のチェンバレンやったかどうだか、長州型と薩摩型に分けた人いるでしょう。あれ、分け方が滑稽なんですけど、長州型は北方の貴公子の顔で、薩摩型は石臼のような顔で醜男だというんですけど、長州でも、たとえば伊藤博文とか井上馨というのは、ずいぶんうすみっともない顔してますからね。薩摩でも大久保利通なんか非常にノーブルな顔してますからね。

だから必ずしもいえないいんだけれども、最初に上陸してしばらくの印象というのは、わりあいそれはそれなりに貴重ですから、とんでもない面長の、瓜実顔の、要するにいい顔があるかと思ったら、非常に野卑な大和のツクネイモみたいな顔がおるというぐあいにね（笑）、やはりチェンバレンは思ったんやろな。

それで分類のしようがないので、日本人の代表はその当時は薩長だから、薩摩は南方だから、これはきっと悪い種の根源地に違いない。長州は日本海寄りだから、チェンバレンが日本海の北方の大陸を知ってたとは思えないんですけれども、向こうの大陸からずいぶん美男子の種が流れてきとるのに違いないと、印象的に思ったんでしょうね。

梅棹――でも、あの説がずっとあとまで延々とヨーロッパ人の日本観にあとを引きまして、みんなそれを書くわけです。ごく最近までそれ書いとる。ばからしいことやけど、長州型と薩摩型とがあるという。

司馬――長州の木戸孝允という人は不思議な人で、写真撮られるの好きですな。そしてポーズした写真撮るでしょう。木戸孝允の写真が幕末、明治の名士で、一番種類が多いですね。しかも太刀をちょっと杖にして様子をつくったり、自分はよほど美男だと思ってたんでしょうね（笑）。

梅棹――また仮説ですけど、明治の鷗外あたりのところからあとはパターンが違うんじゃないか。明治の初期までは、だいたい日本の伝統パターンだ。江戸末期ものすごくたくさん姿絵が出てるでしょう。役者のものが多いですが。明治初期の写真はだいたいその格好で撮っとる。横向いてみたりして、歌舞伎が見本になっている。ところがもう鷗外になると違う。あのスタイルは、ひょっとしたら、ヨーロッパのもので、向こうは向こうでオペラがあるのやから、オペラ・スタイルではないか（笑）。

司馬――そうですよね。この遠州横須賀藩士、鈴木某という人なんかは、明治三年ですか、せっかくダンブクロを着てフランス式軍事調練を受ける姿でおって、非常に誇らしげにラッパを右小脇に抱えて

遠州横須賀藩士　鈴木茂勝、明治３年４月撮影。軍事調練のため上京
国立民族学博物館所蔵

ますが、そのくせに猫背でしょう。足元はとみると靴をはいているくせに内股（笑）。だからこれはカッコ悪いほうのパターンやな。おそらくやっこさんはモデルになるべきものを持ってない（笑）。

梅棹——イメージがないわけや（笑）。鷗外のドイツ留学が明治一七年ですね。そのへんになると少し、もうヨーロッパのパターンが入ってきてるんだと思います。洋服を着たときは、こういうポーズをするとか。

司馬——入ってるでしょうね。鹿鳴館的な衣装の服装はやはりオペラふうですからね。

梅棹——鹿鳴館は完全にオペラふうですね。けれども鹿鳴館の、とくに女の人の写真は格好がついてるんです。腰をシャンと張って、胸をこう張って、完全に格好になっとる。

司馬——あれはおそるべきものだな。

和服の着付け

梅棹——明治一〇年代で男の服装が急速に洋服へ移行していく。それはだいたい制服から始まるわけですけど、女のほうはうんと遅れる。ずっと和服で、洋装が相当出始めるのが関東大震災以後ですね。

その和服の変遷が私はまたたいへんおもしろいと思ってます。特に和服の着付けが非常に悪いんです。襟元が崩れてましてね。いまの和服のほうがきちんとしてる。

司馬――そうですね。下級武士は襟元が悪いんですけど、しかし静岡に移った幕臣の写真なんかは、子どもまで、やはり着付けがきちんとしてますね。いわゆるお歴々はちゃんと白襟が出てましてきっちりしてますでしょう。お歴々にはお歴々の和服の教養があったんですな。だからそのへんの足軽の毛の生えたのとはちょっとやはり違うのかな。

梅棹――そういうことはヨーロッパでも起こったとわたしは考えている。だいたいヨーロッパがいまいうヨーロッパ化するのは一九世紀だろうと。一九世紀に全ヨーロッパに馬車網ができる。馬車に乗ってパリとかロンドンとかの大都市の風俗がずっと地方に浸透し始めた。そこで皆ほんまに洋服を着始めるわけですよ。それまでは、まあ洋服の系統ではあるが、妙なものを着て、背広着さしても何とも格好つかんわけですねん。ネクタイはぐちゃっとゆがむしね。それがビシッとなってくるのは、やはり二〇世紀に入ってからでしょう。第一次大戦後ぐらいに、格好がついてきよる。

女も下々はもうみんなぐちゃっとしたものを着とった。グニャグニャのものをね。いまの洋服というビシッとした格好になってくるのは、非常に新しいんじゃないか。これは日本でもそういうことなんで、両方とも一種の服装文化というのが整うてきたということがあるかもしれない。

司馬――上のほうが持ってただけのものが、下のほうがそれにならうようになったということでしょうね。

梅棹――おそらくそうでしょうね。

司馬――たとえば、明治になって、女の人が、おはなとかおまつとかから、花子、松子になりましたね。

これは宮中の名前のつけ方ですね。それがにわかにつまり下放されたわけやね。下のほうに放たれたわけやね。だけど、おまつはまだしどけなく着物を着とるけれども、もう大正末ぐらいになったら、同じおまつでもしゃっきりタイトになってくるのかな。

侍の衣食住文化

梅棹――これもちょっと実証を伴わない話ですけど、江戸時代は、特に女の風俗は下から上へ上がっていきますね。流行はむしろやはり遊郭みたいなとこから始まって、それがだんだん町人の中へ入って、だんだん上へ上がっていく。どこかでそれが変わる時代があるのかもしれない。やはり明治ですか。明治に入ると、上の方のそういう文化がだんだん下へ下りてきよる。それまではやはり、とくに侍というものは、非常に衣食住文化において乏しいものですわ。節度はあっても乏しい。

司馬――文化といえるほどの衣食住を持ってないわけやな。

梅棹――持っとらんわけです。非常に情けないものです。まあいうたらフランス人がイギリス人の悪口いうときのことばなんですけど、「イギリス人は食事作法を発明したけれども、フランス人は食事を発明した」。町人から見れば、侍や公卿というものは、衣食住の作法はつくったけど、衣食住はつくらなかった。それはおれたちがつくったんだという、そういうことはあった。文化はほんまに悪いですわ。よいのは行儀だけや。

司馬――御目見《おめみえ》以上の侍というのは行儀を仕込まないとお城の中で恥かきますでしょう。その御目見以下と御目見以上とは、ここで同じ侍として論じているけど、当時の人がこの横におれば放り出したかもわからんね。もしこの雑誌に載ってるのが全部御目見以下だと（笑）。
　御目見以下というのは、一生殿様の顔も見なくてすむんですから、そして殿中のお行儀で失敗することはないんですから、殿中に行かないんですから、お行儀なしといっていいわけなんですけれども、幕臣なんかでも、お大名でも、江戸城で恥かかないようにということでつくり上げるでしょう、人間を。たとえば赤ん坊が生まれたら、あずきの枕を二つつくって、上向きで寝られるように両側で固定して、変な寝返りうったりしないようにしたりする。これは医学的にはよくないんでしょうけど、赤ん坊はごろごろしてるんで赤ん坊の運動ができるんで、その必要を封殺してまで人工的に、つまり挙措動作のいい人間をつくり上げるわけで、そういうことでき上がった階級、つまり侍階級と幕末の志士と称して出てくる階級とは全く違うわけですね。
梅棹――それはもう全然違う。
司馬――それと当時の大阪や京都の町人の中程度以上の、しかも長男といったところとも……。

一九二〇年の前とあと

梅棹――日本で凛々しい顔というのは明治の末期から大正にかけて急速に消えるんですね。やはり大正でしょうね。
司馬――やはり大正の震災後でしょうね。

梅棹――震災後、完全に日本人は一人種になったんですね。

司馬――それは容姿だけでなくて、ことばづかいも、皆一つことばになりましたね。

梅棹――文化的に一つになった。私が大正九年生まれですよ。大正九年というと一九二〇年、私はこの年が問題だろうと思う。一九年に世界大戦が終わる。それから、まさに二〇年から日本の現代の資本主義がダーッと出てくる。ここから変わりよる。それまでは準備段階だということですね。だから第一次世界大戦以後が問題だ。

司馬――なるほどね。第一次世界大戦以後、日本の資本主義が形がちょっとついてきて、そして成り金ができ上がる。

梅棹――そこに大衆消費社会へのスタートがある。それからまさに現代への道を突っ走っていく。そこまではやはり文化文政期の名残がずっとまだ余韻をひいておりますわな。

司馬――そうですね。たしかに幕末、明治初年というのは日本人は非常に違うんだろうな。日露戦争終わったころの時代の談話ですけど、ある藩の御女中をしていた人の話に、それは昔の侍というのは凛々しいものでしたというような話があるんですがね。道はまっすぐに歩く。まん中を。軒先を歩かない。曲がるときには、辻のまん中で直角に曲がる。雨が降ってきても走らない。走るやつは町人なんやね。そうやってつくられた人間というのがあるわけやね。それがいまここで写真で残っている。これ下級士族でもそうです。下級士族でもそうで、だからわれわれは礼教でつくられた覚えがないんで、自然のままで大きくなった。自然児や（笑）。

留守居役のサロン吉原

司馬――話は違いますが、幕末当時の国家意識というものが、藩単位だったでしょう。すると、薩摩藩士がたとえば米沢藩士に初めて会ったときなど、緊張感があるわけやね。

相手の顔からくるんでしょうかね。人間のつくり方まで違いますから、政治的な利害関係が違うだけでなくて、文化性も違いますから。それはたいへんなもので、彼らが接触する場所というのは、幕末でもそれが盛んに行われたけど、留守居役のサロンしかないようですね。江戸藩邸留守居役のサロンは実に盛んだった。それが吉原をはやらしたもとになる留守居役文化というようなものができ上がるわけですけれども、藩費で大酒飲むわけですが、その接触以外は、他藩人との個人づきあいはない。嫁取り婿取りもしない。

梅棹――おそらく、そういう家中同士の対決というのは、緊張は、下ほど強いと思うんですわ。上層部は文化的に非常に共通のものがあるんです。全部ちゃんと教養がある。

司馬――そうかもしれない。普遍性を持っていたかもしれない。

梅棹――普遍性を持っとる。ほんとにそれはまさに日本という文化の中で育っとる。下は藩文化です（笑）。これはあかんのやわ。

司馬――たとえば髷《まげ》の形で幕末あたりはああこれは何藩だということがわかった。薩摩藩は月代《さかやき》をうんと剃って、坊主頭ぐらいに剃る。その極端なのは土佐藩で、これは月形半平太みたいな格好です。月代をほんの少し剃って、ちょっと尾っぽみたいのを残して。あの月形半平太の髷が土佐藩の髷ですわ。薩摩藩の髷は、倭寇《わこう》以来の髷です。あれを広く剃ることが海外に雄飛する象徴（笑）。それぐらい個性的なものだった。室町末期の倭寇の隆盛期には中国人まで倭寇になって、広く剃って、それで偽倭といわれたんやね。そういう格好して、自分の国のやつをおどしていたくらいだからね。

写真資料の重要性

梅棹——しまいには五島列島に中国人の倭寇の頭目が出てきよるからね。

最後にひと言——わたし、「わが家のこの一枚に見る日本百年」の写真を見まして、じつはこのあとどうなるのかということがたいへん気になってる。使わなかった写真もあるんでしょう。それをどうなさるかということですね。これは大問題なんだ。非常に貴重な文化遺産じゃないかということですね。こういうものの集積場所というものはいったいどこにあるのか。とにかくものすごい情報量なんです。日本人の地方の服装とか、日本人の姿勢とか、これはもう汲めども尽きぬ泉で、なんぼでも取り出せる巨大な情報源だ。文章で書いてるより、写真というものははるかに情報量が多いものですね。それに、こんなに全国的規模でこういう古い写真が集まるというチャンスはめったにない。しっかりした保存の施設をつくってほしいという気持ちがあるんですがね。

司馬——保存と閲覧の方法とかね。

梅棹——どこかないですかね。近代史の資料館のようなところが。

もう一つたいへん大事だと思ったのは、全部出所がはっきりして内容がわかっているいうことなんです。これがたいへん大事なことなんで、そういうことは非常に珍しい。

司馬――山口県の県立文書館ですか。写真も一種の文書ですからね、ああいうところでそんな部屋つくってもらったらいいですね。

梅棹――そのための一つの施設をつくるぐらい文化史的に見てものすごい価値があると思います。えらいことなんです。こういう写真資料というものは、文献に比べていままであまり重要視されてないんですね。ところが、日本百年史は、写真でおおよそのことはわかるはずなんです。近代日本写真資料館というようなのができて、何万枚か集まってきたら、これはたいへんなことになるわけです。

司馬――そうやな。そういう運動が必要ですね……。

梅棹――いままで、日本文化の、たとえば日本文化論、明治以後の日本文化の変遷についてさまざまな憶説がいっぱいありますけど、実証は必ずしもされてない。われわれいうてたみたいやけど（笑）、印象批評です。それを実証的に風俗史という形できちっと再現することができる。一九世紀前半以前のものは、材料が絵しかないですから、非常にむつかしくなりますけれども、以後のものは、相当材料があるのだから、やれるんですよ。

（追記）

「わが家のこの一枚に見る日本百年」の写真は、その後、国立民族学博物館に寄贈され、保管されている。

大阪学問の浮きしずみ

司馬遼太郎・梅棹忠夫

解説

国立民族学博物館――略称「民博」――は、一九七四年六月に創設された。博物館の建物ができて一般市民に公開されたのは一九七七年一一月のことであった。開館にさきだって、一〇月には博物館の広報普及誌として『月刊みんぱく』が編集、発行されることになった。

『月刊みんぱく』には「館長対談」と題する対談の欄がもうけられ、わたしが毎回そのホスト役をつとめた。一二人目のゲストとして司馬遼太郎をむかえ、大阪学問の歴史について対談をおこなった。対談は同年四月に大阪で速記をとり、『月刊みんぱく』九月号に掲載された（註1）。

この対談シリーズの最初から一二人目までの分は、のちに一本にまとめられて、中公新書の一冊として『民博誕生』の題名で刊行された（註2）。本書にはそれを底本として再録した。文中「――」でしめされているのは、『月刊みんぱく』の編集長の発言である。

「館長対談」は、その後、わたしの館長退任まで一八二回つづけられた。それらはテーマごとにまとめられ、一四冊の対談集として世におくりだされている。

（註1）司馬遼太郎、梅棹忠夫（著）「大阪学問の浮き沈み」「館長対談一二」国立民族学博物館（編集）『月刊みんぱく』九月号　二―七ページ　一九七八年九月　財団法人民族学振興会

（註2）梅棹忠夫（編）『民博誕生』（中公新書）一九七八年一〇月　中央公論社

町人がささえる学問

司馬――江戸時代、大阪に官立の橋は一一しかなかった、とよくいわれますね。日本橋とか、そういう名前のついたところは、官立の公儀橋。あとは、多左衛門橋とか淀屋橋、心斎橋、常安橋など人の名前がついてますね。それはみんな、橋のそばにいる地元の人間が金をだしてつくり、補修費までだしつづけていた。このよさが、かつての大阪にはあるんです。

もうひとつ、いい例をあげると、天神祭も、戦前までは、船場《せんば》の旦那衆が運営していた。祭りやから、かならず赤字ですね。その赤字をその月の当番の数人のうちのだれがうめるのかわからなかったそうですね。わたしが赤字をうめましたというようなことはだれもいわなかったそうです。戦後、天神祭が運営困難になったのは、船場の商店がみんな商社になってしまったからです。総務課長のところへ行ったら、十何年かまえのことですが、二〇〇〇円ぐらいしかくれない（笑）。天神祭のおとろえは、はっきりしているんですが、同時に、だれが帳尻をうめるかわからんかったところに大阪の伝統のよさがあった。

京都、江戸、大阪と、三都のなかでは、自前でなんとかせんならん土地は大阪だけで、京都も江戸も、なんらかのかたちで上に依存できたし、上部構造からの教養のなりくだりもありますね。ところが大阪は自分でやらんならん。たとえば、井原西鶴がでてきている。なんで飯《めし》くってたんやろとおもったら、俳句の点者として飯くっていた。小説は、おそらく原稿料なしですし、いくら版をかさねても印税もなしですから、趣味でやっていただけです。点者であるためには、パトロンが二〇人はいないといけない。土地に経済力があった時期に西鶴がでているわけで、元禄ででているからよかったので、文化文政のときに西鶴がでても、あのようなかたちでは成立しなかったとおもう。

そのころは大阪はおとろえて、江戸に繁栄がうつっていた。しかし、京都は依然として学問のまちとしての伝統がつづいていて、おなじ書生が学問しに行くのでも「いなかの三年、京の一年」といわれたんですね。京で遊んでいて一年と、いなかでガリ勉をして三年と、どっちが値うちがあるかというと、京で遊んでいて一年のほうが値うちがあるといわれたぐらいですから。大阪はそれがなかったわけです。

もっとも自前でやって、けっこうおもしろい人たちがでた。富永仲基（一七一五～四六）とか、山《やま》片蟠桃《がたばんとう》（一七四八～一八二一）とか、いまの人文科学者みたいな人がでる。江戸時代のモラル学問じゃなくて、ほんとうに人文科学者みたいなのがでるでしょう。

梅棹――山片蟠桃らはまさにそうですね。

司馬――よくいわれているように中天游が、カサ屋の職人でオランダ学の大先達でしょう。緒方洪庵（一八一〇～六三）なんかの大先輩ですね。カサ屋のような階層からでてきて、つまりものずきとして学問をやれる雰囲気があったんでしょうね。

梅棹――大阪大学の医学部の伴忠康先生が『適塾をめぐる人々』という本をだされた（註）。阪大のみなさんは適塾のことに熱心で、適塾の保存と復興を、ひじょうによくおやりになっておるわけです。

それはそれでけっこうなんですが、わたしは、大阪の学問をいうならば、懐徳堂《かいとくどう》のほうもいうてほしいという気持ちがある。富永仲基も山片蟠桃も懐徳堂の出身ですから。

適塾《てきじゆく》は幕末における医学専門学校として、ひじょうに大きな意味をもっていたのは事実ですが、大阪市民がほんとうにささえてそだてたのは、むしろ懐徳堂だったんじゃないですか。幕末になって、適塾がさかえてきたときは、懐徳堂はすでにおとろえて、ポシャッているのですね。かたちだけは明治の初めまで、一応はつづいていますけれども。

司馬――大正ぐらいまで、余熱はつづいていますけれどもね。

梅棹――大正五年に新懐徳堂というのができるんですが、これは戦災でなくなりました。とにかくある時期、大阪の市民の学問がひじょうにさかえた時代がある。だから、わたしはむしろ、懐徳堂大学を復興せないかんという思想なんです。

司馬――なるほどね。道修町《どしようまち》、船場あたりの番頭さんは、小僧のときから懐徳堂へ行って素読をならっていた。

梅棹――ほんとうの市民大学ですね。もっとも、あれもできたときは、政府の支持でつくるわけです。東京の昌平黌《しようへいこう》、大阪の懐徳堂というかっこうになってスタートするわけですが、実際にそれをささえてきたのは、ずっと町人で、番頭、丁稚小僧です。

司馬――丁稚小僧が番頭になって、学者をささえていたわけです。藤沢東畡《とうがい》の場合などもそうかもしれません。上町台の寺町にある禅寺には、「藤沢東畡先生墓所」という碑がたっていますが、藤沢桓夫さんの曾祖父にあたられるのかな。讃岐からでてきて、大阪で学塾をひらいて、名声があがった。

そうしたら、讃岐の殿さまの松平公が儒官にするんです。しかし東畡は、「讃岐へ行くのはこまる、大阪にいたい」と大阪で塾をひらきつづけていた。たしか中船場ぐらいでひらいていたはずです。支持者があったからでしょうね。ほんとうをいったら、百姓身分の東畡先生が士分になるんですから、高松へ行くべきなんですが、ついに常勤しなかった。ただ殿さまが、なにかのことで二条城へ行くときに、殿さまにくっついて行くぐらいのものだったらしい。そうしたら、ほかの殿さまにかっこがいい。これだけの大学者を家来にしているという見栄をはりたかったのでしょう。実際の収入は、大阪の丁稚小僧が、藤沢家の家計を支持してささえていたわけです。大阪にはそういう空気があったんでしょうね。

（註）伴忠康（著）『適塾をめぐる人々――蘭学の流れ』一九七八年二月　創元社

喧嘩堂と山片番頭

梅棹――大阪が学問ぎらいになるのは、むしろあたらしいことですね。いつごろからでしょうか、学問をはじめ、文化ばなれという傾向をたどりはじめたのは……。

司馬――明治からじゃないですか。明治に、大阪が信じられないほどに地盤沈下する。学問なんかやっていられないという。裏目がでるのかな。つまり、「大坂は、太閤さんのおかげで」と大阪の人はいいますけれども、実際は家康さんのおかげなんですね。保護経済になっていて、すべての諸国の物資は大阪にあつまる。そのなかには、極端な物資もあるんですよ。長崎に限定されている貿易の唐物というやつですね。中国のもの、南蛮ものまで、大阪の船場の唐物問屋にあつまるわけで、ここで市《いち》がたって諸国に集散する制度になっているわけですから、大阪はまんなかの口銭《こうせん》をぬくという特権をもっているわけです。

それでご飯を食べてきたのが、明治になってそういう特権が切られて、ほうぼうに分散していったものですから、いま残っているのは、ぼくの知っている範囲内では、スギ、ヒノキの銘木だけが、大阪で市がたつ。そこまで微禄したわけです。

明治の大阪沈没で、貧乏していなかへ帰る人があったりするんですが、士族たちは、学問をすれば官員になれるかもしれない、中途半端にやっても巡査ぐらいになれるという手は知っていたんですが、大阪の連中は全部知らなかった。振り売りから八百屋でもやって、やがては店をもつということしか知らなかった。学問というものはなくて、ぼくらぐらいの年齢までそうですが、小学校でとびきりな秀才がでると、商業学校へ行きます。これが京都との明快なちがいです。

梅棹――大阪の大倉商業、天王寺商業は、ほんとうに全大阪の秀才をあつめたものですね。

司馬――ぼくの小学校のおなじクラスに、当時、大阪の全小学生のなかで一番ぐらいの秀才がいまして、親がよろこんで天王寺商業へやって、いま砥石屋をやっていますが、おなじ飲み屋で、ときどき一緒になるものですから、飲み屋のおばさんにぼくが説明しても、いまの人にはわからんですな。秀才やから砥石屋をやっているということが。

――かつて大阪が流通のセンターだった。薬種問屋なんかでも砂糖をいれたり、異国のものをさきにいれてもうけた。そういったものの流れと一緒に、日本の各地、海外の情報といったものがともなっていなかったか。あるいはそういったものが山片蟠桃なんかの教育にはつながらないのでしょうか。

司馬──はいったでしょうね。たとえば、ものを認識する方法は、長崎経由のオランダ人のかんがえ方が、山片蟠桃あたりに、間接の間接でも影響があったでしょうね。

梅棹──ひとつは、大阪は本草学の本拠なんですね。ずいぶんたくさん自然科学者がでています。これはおもしろい現象だとおもうんです。それが、たいてい、身元をあらうと町人の息子です。町人の息子で、学問はできるが商売はあかんというのを、捨扶持《すてぶち》をやって、一生親が面倒をみてやる。店のほうは、娘にしっかりした番頭をめあわせて、家をつがすわけです。息子はみどころはないけれども、一生食わしてやる。それが学問しよるわけです。そういうのがたくさんいる。木村蒹葭堂《けんかどう》（一七三六〜一八〇二）なんかもそうですな。

司馬──蒹葭堂は物産学者というべき存在ですな。

梅棹──視野のひろい自然科学者で、動物やら植物やらもあつめよるわけです。江戸末期の自然科学者には、かなりそういうのがおりますな。

司馬──本人の号が、けんかがすきやから蒹葭堂、山片蟠桃も番頭やからでしょう。蟠桃は経済論もおもしろいけれども、「無鬼論」という無神論がおもしろいですね。ともかくそういうへんな号をつけるのは、すねているわけではないにしても、「自分は世のなかのちゃんとした学者やない」と自認しているおもしろさがある。ぼくは作家ですけれども、そういう非正統の自認だけはまねたい。

さっきの明治の地盤沈下につながるんですが、たとえば明治以前だと、大阪のまちにはいろんな書生がいて、蒹葭堂には丁稚がいる。諸国からは、たとえば緒方洪庵、華岡青洲塾も紀州じゃなくて大阪にあったんです。大阪で書生を募集していたわけで、緒方派と華岡派とほうぼうでけんかしたそうですな。そういうはなやかなところもあったんです。

不経済の経済性

司馬──大阪に松屋町筋というところがあるんです。

梅棹──大阪式発音ではマッチャマチ。

司馬──参勤交代は、大阪、京都には寄ったらいかんのですが、寄らざるをえない地理的条件の諸侯は、寄りますね。行列はだいたい松屋町筋でとまるんです。足軽はくにみやげのおもちゃを買うんです。そのころのおもちゃですから、でんでん太鼓とか、そんなものでしょうけれども、それでおもちゃ問屋のまちになって、日本のおもちゃのセンターだった。それが戦後はだめで、東京の日本橋にうつったわけです。いま、プラモデルでも、かんがえられんほど精巧なプラモデルができているのを、松屋町筋の商人が、東京に買いにいくんですよ。二〇年ほどまえに、松屋町筋のおっさんにそんなことをいいますと、「わしら商業学校しかでてまへん。東京のおもちゃ屋の若旦那は、みんな大学でてます」(笑)。

要するにケチなんです。アイディアマンにお金を投資せず、流通だけをかんがえ、金利だけをかんがえるまで、やせてしまったんです。大阪でいう千三つ屋、千に三つしかあたらへんのに、投資するのはあほらしい。ところが東京は千三つ屋に投資しとったわけです。ですからいまは、完全に東京にやられてしまった。

梅棹――経済的合理主義は、逆にひじょうに不合理な結果をまきおこすという見本みたいなものですね。

司馬――というより金利計算的合理主義というべきものでしょうか。そこでおもいますけど――いった本人は忘れてるやろけど――、梅棹さんがかつていった、人間は経済的動物やいうのは嘘で、人間ほど不経済なものはない。おもいきり不経済なことやらんと、経済性はでてこないですね（笑）。

梅棹――それはそういうものだ。経済というのは本来そういうものでしょう。

大阪というまち全体が、ひどく経済合理主義一辺倒に傾斜してしまった時期があるんですね。いつごろでしょう。

司馬――やっぱり大正ぐらいでしょうね。

明治になって、太政官なり明治政権なりが、各地に学校をつくるというときに、大阪にはあまりつくらなかったでしょう。全部、城下町につくった。京都、江戸も、ある種の最高権力の城下町ですから、それをのぞいて、ほとんど雄藩の地に、数字のついた旧制高校をつくったでしょう。地名のついた高等学校は大正末期にできるんですが、それも城下町です。そのときにやっと大阪高校ができるんですからね。

それまでは学校のないまちで、自前で商工会議所が商業研鑽所みたいなもの、のちの高等商業の前身みたいなものをつくった程度です。大きなまちですから医者の学校はひとつありましたけれども、その程度できたものですから、明治政府も、大阪があまり眼中になかったのはたしかですね。

梅棹――むしろ眼中からおとそうという努力があったかもしれませんね。

司馬――幕末に山内容堂《やまのうちようどう》（一八二七～七二）が建白書をだしているんです。「大阪を焼いてしまえ」。これはじつに、痛快といえば痛快で、山内容堂は経綸家《けいりんか》でなくて詩人ですから、商品経済ということはわからない人ですから、外国がせめてきたら大阪へはいる。大阪は港湾をひかえた重要な場所やから、ここに外国が橋頭堡《きょうとうほ》をつくるとこまる。橋頭堡をつくっても、すぐ大阪人はうけいれるだろう（笑）。

商品経済には国籍はないし、ナショナリズムもないから、やつらは全部外国をうけいれるだろう。だから焼いてしまえ。さすがに幕府も、にぎりつぶすんですけど。

梅棹――その点では、四賢侯をはじめ、各藩の諸侯も、幕藩体制も新政府も、おなじ地盤のうえにたっているでしょう。士族イデオロギーです。大阪に対する一種の不信みたいなものがありますね。それで明治以後、大阪はひじょうにいじめられる。

幕末までは一種の保護商業でしょう。一定地域にかぎって、すきなようにせいというようになってきたわけだ。それで、明治に、新秩序ができたときに、いささかあつかいにこまったとおもうんですよ。結局そでにされた。そこで没落がはじまるわけです。

司馬――具体的な没落は、大阪は諸侯へ高利貸をしていましたから。天王寺屋とか、江戸時代の長者番付のほとんどは、大阪の大名貸しの商人です。明治のときに、全部棒引になったんですね。何十万両貸していても棒引になって、一瞬にしてたおれるんですね。

梅棹――それはあたりまえですよ。革命だから……（笑）。

司馬――一瞬にしてたおれたところで、まだたおれそこなっているのが鴻池《こうのいけ》だったでしょう。あんまり大きいから。鴻池が幕末に、士族を支配人にしなきゃいけないというので、ずいぶん人選に苦労している。明治以後もなおあきらめず、番頭はん、丁稚どんの時代はおわった、士族を支配人にせないかん。けど、士族はそろばんがわかりまへんやろいうて、反対論が鴻池のなかにあるんです。ところが鴻池は、いまの言葉でいえば、士族には世界認識があるので、これからの商売はそうなかったらいかん。そろばんは手代どまりでよろしいと、士族をさがしにさがすんです。結局たいしたやつがみつからずに、衰微していくんですが、士族をさがさないかんというのがおもしろいですね。

梅棹――たいへんおもしろい。

司馬――これは、昭和四〇年代以後の大阪を見とおしたところもあるでしょう。

梅棹――昭和になって、もういっぺんそれをくりかえしているようなものですね。文化人をやとうてこい（笑）。

ふつう、明治維新で四民平等になって、侍の天下はなくなって、町人が浮上したという見方がありますが、こと大阪に関しては、全然反対ですな。

大阪下町、京山の手

司馬――大阪商工会議所の会頭の出身地をみたら、大阪人はふたりしかいないですね。明治にひとり、昭和にひとりがでているだけで、あとは全部、他府県人です。大阪人が商売できるいうのは、ぜったい嘘やな（笑）。

梅棹——ぜったい嘘や。全部よその人がやってきて、商売している。

——大阪商人のもとがよそからきている。

梅棹——五代友厚《ごだいともあつ》(一八三五〜八五)がそうですね。武家の商法もええとこですよ。

司馬——しかも薩摩の侍ですから。

梅棹——それがりっぱに商売をやって、実業家になるわけでしょう。近代大阪の実業は、全部そういう連中がささえている。

司馬——これは大阪人のほこりですね。舞台を貸しているだけのことで、他国からきたやつがいい仕事をするというのは、伝統じゃないですか。

梅棹——大阪はそういうまちだとおもいます。土着の大阪人が、これだけの大阪をつくったんではないですね。

我田引水になりますが、わたしら自身もそうだとおもっているんです。わたしども民博は、正直にいいまして、水商売でございます(笑)。お客のいりによって左右されるので、お客が、「こんなものつまらん」というたら、われわれは飯《めし》のくいあげで、まさに水商売です。それをだれがやっているのかというと、侍中の侍で、事務官から教官から全部、大学からきた連中です。大学人の水商売です。現代における武家の商法もええとこですよ。うまいこといくかどうかわからん。しかしわたしは、大阪やからこれでうまくいくとおもうてるわけです。

司馬——伝統があるから(笑)。

梅棹——これが京都やったらあかんわけです。

司馬——京都、東京やったら、小姑がおおすぎてね（笑）。

梅棹——いっぱいヤイヤイいうでしょう。大阪やから、われわれみたいな大学の連中がやっても、平然として客商売がでけまっせ。大阪やからうまいこといくのやないか。

司馬——五代友厚みたいなもんですな。

梅棹——そういうふうに、わたしはおもうています。大阪の人は、こういうものをそだてるのがじょうずなんです。

——関東の人間からみると、京都、大阪とどちらも関西ということですが、やはりちがいがありますね。

司馬——東京的思考法についてのアンチテーゼを、つねに京都大学は意識しているが、京都市民はどうだろう。

京都市民は自己完結しとるわけですな。京都の商人は、自分のイエが横にひろがるよりも、永久に子孫の代までつづくことをかんがえるわけ。だから、大風に灰をまいたようなことをせずに、呉服屋さんでも、信用第一でかたくやっていくでしょう。京都の町民が東京に大きな反撃をするという、政治姿勢があまりないわけです。存在としては、やはり大阪ですね。

梅棹——わたしは京都の、まさに町衆の出身で、しかも京都大学でそだったわけで、市民層と大学と両方知っているわけですが、市民の立場からいうたら、京都大学さえも、よそものなんです。そんなものは、むかしからくりかえし京都にはいってきよった権力者の一種にすぎないので、そのうちにまたでていきよるやろ。「そんなんわたしら知りまへん」（笑）。しかし、自分らがこまることに対しては、かげで「ノー」とか意思表示はしますけどね。基本的には無関係です。

わたしなんかは、京都市民のなかからでて、敵側にはいってしもた。

——京都の場合、大学でも、実際は、モラルサポートをしているみたいで、全部利用しているだけで、「大学があるんだぞ」とよそへの宣伝文句につかうようなところがある。

司馬——京都御所のかわりですからね（笑）。

梅棹——やすく利用できる権威の城です。

司馬——従五位の下のお公家がいっぱいいてはるとおもとるわけや（笑）。

梅棹——そういうものですわ。

司馬——なんだかアホらしいけど（笑）。明治三〇年に京都大学ができて、大正、昭和初年とつづいていくあいだで、県知事、もしくは師団長とおなじぐらいの給料と位階勲等をもっている人は、大学にいっぱいいてはるということが、京都人の認識だったようにおもいます（笑）。あれは親任官やとか勅任官やとか、研究所の人は師団長よりうえらしい。それがはいってすてるほどいてはる。京都御所のお公家とおなじやね（笑）。

大阪にはひとりもおれへんというと語弊がありますが、太政官的公官はふたりか三人しかおれへん。師団長と、大阪医学校の校長と、明治、大正ではそれだけでしょう。

だから、京都人のほうが一種の位《くらい》ぼけはしとるわけや。大阪のやつは位もわからん（笑）。よさとわるさやけど、ずいぶんの落差がありますよ。

梅棹——わたしは京都大学をでて、大学院学生から、大阪市立大学の助教授になって、大阪に赴任したんです。うちの親類の連中がみなびっくり仰天して「へえ、あんた大阪みたいなしょうもないとこへ行くのんか」（笑）。

司馬――都《みやこ》落ちみたいにおもうんですね。

ぼくは大阪に生まれて、いまでも住んでいるでしょう。ひらきなおって、大阪いうのはええとこや、東京みたいに山の手がなくて、全部が下町やけど、京都と神戸は反対や。大阪からみれば神戸はモダンな山の手で、京都は古典的な山の手やとおもえるだけええやないかとおもっているわけです。大阪から京都へ飲みに行くときは、やや緊張する。だれに会うかわからんから。梅棹忠夫に会うかわからん。

梅棹――従五位の下やね（笑）。

司馬――神戸の気楽さというのは、明治元年以後の都会で、明治元年以前は漁村やったのを西洋人がひらいた、ゆうことと関連する。他人に対してはひじょうに寛容で、たとえばぼくが、墨でほっぺたにまるをつけてあるいていても、だれもふりかえらない。そういうよさは神戸にある。そのかわり飲み屋に行くと、どうせ小説でも書いてんねんから、東京の杉並か世田谷に住んではるのかおもって「杉並のどのへんですか」ときく。「大阪や」というたらニマッと笑いよる（笑）。

いかにも優越感にみえたね。これが大阪のつらさやな（笑）。

虚学の世界

司馬――ぼくは、大阪の市民としては明治二年ぐらいからの家ですから、大阪人といえるわね。ぼくは大阪人で「もうかりまっか」というたやつ、きいたことない。金もうけにうるさいやつは、ぼくの友人におったことがない。小学校の友人は、全部とつきあっていますが、ほとんど商人ですけど、あんまり商売じょうずじゃない、お金にきれいなやつばかりですね。兵隊にとられていっても、積極的なことでは大阪人は信用できんけど、なまけるとかサボるというところでは、うらぎらないですね（笑）。大阪出身の人間がひじょうに信頼できるのは、出世主義者がすくないからです。

梅棹――そのとおりです。京都の市民でもおなじようなところがあります。戦争になったらいちばんじょうずに逃げる。日本で最弱の連隊は、むかしから大阪と京都。「また負けたか八連隊」、「腹へータイさん、メシ九《く》連隊」（笑）。

司馬――いちばん文化的やいうことですわ（笑）。戦争につよいいうのは野蛮人ですからね。西南戦争をやるときに、東京政府がおびえて、政府御用の新聞なんかでも、「薩摩とやったら負けるだろう」とだれかが書いているんです。アラビア人とおなじやないか。アラビア人がつよいと、明治の人間はおもっていたんですな。ようするに野蛮の証拠やないか。明治初年で、士族出身の新聞記者がもう書いている。つよいというのは野蛮の証拠やから。野蛮でないのは京都と大阪だけやった。

梅棹――第二次世界大戦まで一貫してそうですな。おまけに金もうけもへたやいうんやったら、さっぱりですな（笑）。しかしね、大都市というのはそういうものだとおもうんですよ。大都市そのものが一種の装置産業であって、それ自身が一種の住民共同体をつくって文化的な特色をだすというようなことは、ありえないんだ。そういうことがあるのは地方都市です。東京でもそうでしょう。東京自身がどうこうというたってしょうがない。要するに舞台なんですよ。大阪もまったくそうで、生《きっ》粋《すい》の大阪人どうこうといえば、江戸っ子の性質を論じるようなもので、現代の東京の性質をなにもあらわしていない。大阪もそうです。西日本全体から膨大な人口が流れこんできて、ガチャガチャやっているわけでしょう。

司馬──結局は、江戸っ子も、大阪のふるいやつも、似たような性質ですな。京都のふるい連中も、みな、宵越しの金はもちとうても、もてんしね（笑）。

梅棹──あきまへんな。

司馬──全部だめですな。

──日本が、明治以来、つよくなりすぎたんじゃないかという気がするんですが。つよすぎて、逆に一種の野蛮人になった。

司馬──学問では、有用の学問をしすぎたことがあるでしょう。

梅棹──その点では、京都の学問も大阪の学問も、役にたたん学問ですね。なんにもならんことをやっていたやつが、たくさんおったわけです。

司馬──理学部、文学部的なものの思想はありますね。

梅棹──ところが現代の大阪は、医学部、工学部でという傾向がある。大阪は現在、正直いうて、理学部、文学部はかならずしもつよくないですよ。全体としては実学の都になってしまった。

その点からいいまして、国立民族学博物館なんか、研究機関として、実学性がまったくないわけではないですけど、全体としてみれば虚学の世界で、あんまり実際の役にたちませんわ。

司馬──じかの役にはたたない。

梅棹――わたしは、それはそれでいいとおもうんですよ。

司馬――そうでなかったら国とはいえないし、都市ともいえない。

梅棹――都市における虚学の部分を、わたしらは背負うていかんならんかいなとおもうているんです。

司馬――ぼくは、なんで大阪におるかときかれたとき、いうほどの理由がない。生まれたとこやからというかんたんなことなんですけど、元来、まちというのは着ふるした洋服とおなじでしょう。自分が住みやすいところにおるのは自然でいいとおもっている。

ところが残念なことに、ひじょうに高級な意味でのアミューズメントの分野がなかった。それを民族学博物館が全部おぎなったわけやね。

梅棹――これは知的娯楽ですからね。これからこういうものが、いくつかでてくるとおもうんです。ひとつのきっかけですな。

司馬――もうひとつ、この博物館についていてすばらしいとおもうのは、新興国家がいっぱいできて、現代は一九世紀よりも、もっと国家時代でしょう。考古学も全部自分のところに引き寄せて、自分のところがつくりあげたんだ、産業革命以後の発明もおれたちがやったとか、ソ連なんか飛行機まで発明したというんですから、中国も六〇〇〇年前から稲作はおれのところがまずおこした、出土品をみよと。たとえそうであったとしても表現のしかたがはげしすぎるという時期でしょう。

日本は、太平洋戦争に負けたおかげで国家のわくを平気で踏みはずせる余裕ができた。むろん単一性の高い社会ですから、ほっといたらナショナリズムにいくでしょう。無用の愛国心がくっついてくるという条件がありますね。いい線はいっているんだけれども、無用の愛国心へ逆もどりするおそれのある社会で、民族学博物館ができて、どんな国のどんな地域のものでもここにある。しかも、むこうのナショナリズムをくっつけてきてない。日本だけがすばらしいんだということは、ひとこともいってない。日本のほうがみすぼらしいじゃないかということを、認識することができる。

梅棹——全部おなじレベルでならべてみようということです。おなじ平面に世界中の文化をならべてみたら、こんなもんでっせと。

司馬——いま、世界中にないですよ。

梅棹——その点は、日本の民博がいちばん徹底しています。

創造への地熱

解説

司馬遼太郎とは一九六九年の秋にはじめてあったのだが、その年のうちに立てつづけに対話をおこない、急速にしたしくなった。

朝日新聞社大阪本社からは正月用の座談会の依頼があった。出席者は司馬遼太郎と画家の吉原治良氏で、テーマは「西日本文化の可能性をさぐる」というものであった。吉原氏は大阪出身で、具体美術協会を創立し関西を中心に活発な前衛芸術運動を展開していたひとである。わたしもその名をよく知っていた。

座談会は一一月二〇日に大阪でひらかれた。司会は朝日新聞大阪本社学芸部長の安竹一郎氏がおこなった。記事は翌一九七〇年一月三日の『朝日新聞』に掲載された（註）。

（註）梅棹忠夫、司馬遼太郎、吉原治良、安竹一郎（著）「創造への地熱――西日本文化の可能性さぐる」『朝日新聞』一九七〇年一月三日

つねに世界へ窓開く

――急激な開発と経済発展の時代に、あすの西日本はどう変わるか。ここでは西日本の文化をとりあげたいと思います。歴史的にいって、西日本は日本文化そのものを生んだ基盤ですが、現在の姿は必ずしもそうではありません。交通の発達、テレビの普及、商品の大量生産、政治経済の中央集権化などのために、東京文化による一元化が進んでいます。そこで、これからの西日本文化の可能性とその方向をお考えいただきたい。西日本の人びとの、ものの考えかたを中心に、「あすの西日本」の土台であり出発点になるものをさぐりだしたいと思います。

司馬――ひところ関西は経済の地盤沈下から来る自信低下に悩まされてましたね。それがいまは、万国博とかいうものでなく、関西独自の立場で、世界と文化的な取引をする可能性がそろそろ出て来たのではないか、東京抜きでね。

梅棹――最近、出版された京都関係の本にうまい解説がありましたよ。東京は日本一をめざす、京都は世界一をめざす、とね。

司馬――京都には、たしかに世界意識がありますな。あれは京都市というより京都国ですね。

吉原――僕たちも、外国との交流は最初から、たとえば美術のパンフレットを直接流します。東京を意識しないでね。

梅棹――東京政府の立場からみると、家長の目をくぐって、娘がよそものと密通をしよるということになる。関西ははじめから家長権なんか認めないし、密通を得意とする技術を持っている。

――世界との直接の結びつきは明治以後をのぞいては、上代以来関西が強いので、今後も西日本の独自性とか存在理由を示すのでしょうが、その自信はどこに根ざすのですか。

梅棹――歴史的にそうですよ。江戸幕府は軍事をしっかりにぎり、経済は勝手にやれという。大阪はそこで発展した。今日では政府自身が経済主義になってきている。これは世界的傾向でしょう。だから、大阪の立場がつらいことになった。今日、権力の及ばざるところは何でしょうか。それをさがしてやることですね。それをやれば、必ず世界に通じるのと違いますか。

――いま、勝手にやれるのは文化だということですか。

司馬――同じ旧帝大でも、京大とか阪大というのは、東大から見ると、その学問に対する態度がずいぶんはねっ返りなんですね。新しいものにすぐ食いつく。ええことやったら、ええやないかという精神です。阪大となったら、必要で合理的やでという声が出たら、学部でも学科でもたちまちつくる。それが、やっぱり西日本の精神と違うやろか。

吉原――大阪の人は、その辺にころがってるものじゃ承知できない。何かドキッとすることを喜ぶ気持が脈々と流れています。人に追従したり、普遍化されたものには魅力を覚えない。いままでになくて、グッと来るものが好きです。商売にもそれがあると思います。

司馬――戦後の新しい美術思想にしても美術教育思想にしても、大阪は早かったですな。

吉原――僕たちのグタイ（具体）美術も大阪で生れたのですが、それを最初に評価したのは東京ではなくてフランスでした。グタイでやかましくいっているのは、まねをするなということです。はしにも棒にもかからんものでも、それが非常に独創的なら尊重するわけで、むしろ従来の美術の概念からはみ出したものの方を拾い上げる気持が強いのです。ところが、東京は違いますよ。東京のは追随の文化で、外国人もよくそれをいいますがね。

梅棹――いま世界に全人類的な文化をつくり出そうという動きがあります。だが、その原理だけでは片付かない。地域的社会を上手にまとめる知恵もいるんですよ。インターナショナルなものとナショナルなものとのバランスを、いかにうまくとるか。これが二一世紀前半までの人類史の課題ですよ。これに失敗する国は悲惨です。日本はかなり上手に、そこを渡っていると思います。ふしぎに東日本はナショナルな問題を考え、西日本は常にインターナショナルな窓を切開いて来た。それが今後も西日本に課せられた任務ですよ。

破壊力が形成力に

――文化人が東京に集中し、これが文化の測定度になって……。

司馬――いや、絵や小説をやるのは、政治や革命をやるのとは違う。同気相あつまって群れ歩いていては、悪しき相互影響ばかりあってだめです。東京は明治以来群れ歩きの伝統があり続けて来た。地方から出て来て、東京の文壇なり画壇に属しようとする、あるいは属して、群れ歩いている、群れの中で互いの体温で暖め合っていないと不安なんです。この群れ作りは芸術意識から来るのではなく、日本人の別な心理や性格に根ざしたものです。村をつくりますと、狭い村仲間の批評がつぎの仕事の基準になる。どうしてもそれが天井になって意識が突きぬけられない。それではおもしろい個性が出て来るはずがないでしょう。吉原さんが美術の概念からはみ出したものとおっしゃったですが、これが一番大事です。東京で集団的に住んでいると、仲間うちがつくった美術や学問や小説の概念のどれいにならざるを得ない。こういう仕事にとって概念は敵なのに、跼蹐《きょくせき》するようになる。関西には、伝統的な地熱というか、文化の栄養度の濃い土壌があるわけだが、これからの関西のよさというか、互いに個性的でありうるという点での可能性は、芸術家や学者が過疎だからですね。

梅棹――学問でも、なるだけ親友をつくらないことです。孤独で、アナーキーで、権威はいつでもつぶしてやろうという精神です。

司馬――もっと胆力をつけねばいかん。それには、ひとりで住むことです。仲間を離れて。

梅棹――関西には、その精神がありますな。これは、日本の中でも、かなり特徴的です。関西だけのもので、西日本共通ではないが。

司馬――関西の人間は、明治以後の国家というものがどうもわからんのと違うやろか。わかったのは東日本と九州の人。京都や大阪の人は、だから兵隊に行くと弱い。これが面白いところで、おれを殺す権利がなぜ国家にあるのか、という感覚が風土的にありましたね。今日以後の日本には、割合に調和しますな。

梅棹――どんな政府ができても、常に反乱をおこす。反乱軍というても、一人一党ですから、常にものすごくアナーキーになる。

――そういうものが、つまり文化ではないですか。

司馬――その中から出てきた人がときに文化をになう。

梅棹――そういう文化もあります。同時に、統制的なものも一つの文化です。強烈な意思で一つのものを形づくる力と、それと離れて違うものをつくる力と、両方あります。もし鎌倉以来の軍事政権がなかったら、日本文化はここまで来れなかったでしょう。関西文明こそ、日本文明そのものであり、上等な文明ですけれど、いろんなものをつくり出しては、常に流動している。一方では、東日本という、体制化が好きな、系統立ったセンターがあって、その両者が絶えず緊張関係にある。これは日本にとって幸いでしたね。ここでも、うまいことバランスがとれていると思います。

司馬――東京だけでは、ヨーロッパ風な、単一的で非常に古めかしい国になったでしょう。大阪があるからこそ、いつでも新興の勢いと気分があるんじゃないですか。

梅棹――そこに何か文化破壊的なものが出て来ている。それが文化になる。つまり、文化は形成力ばかりでもいけないので、破壊力が実は形成力に転化するところが非常におもしろいんですよね。それが、西日本にはかならずありますな。

文化と経済力

――そういう関西のもつ力と、経済の地盤沈下との関係ですが。

司馬――たとえば、江戸時代に大阪には一五〇を越える橋があったが、官立の橋は一一だそうですな。江戸は官立の橋が一二〇もあった。大阪では、淀屋とか心斎という私人が橋を架けた。明治になっても、そういうくせがあった。官公立の学校も、はじめは町人というか市民の財力によってできた。阪大も大阪市大も大阪外大もみな最初はそうです。つまり、文化には経済力の裏打ちがないとだめです。お金持が文化人で、学問や芸術のパトロンになる伝統が、大阪にはずっとあった。戦後には、もうないですな。

吉原――美術館一つ建てるにしても、昔の大阪なら、自分で考えて、他に頼らず自分のやれる範囲内でやったものではないでしょうか。僕らの場合もスケールは小さいがそうでした。いつまでたっても現代美術館は建ちそうにないし、幸い僕の家の土蔵があるから改造したら、といってできたのがグタイピナコテカ（具体美術館）です。

梅棹――経営面のもうけるほうの合理主義は、商売である限り当り前です。ところが、使うことまで合理主義になったのが、近ごろの大阪のいろいろの意味での衰弱の大原因になってると思うんですよ。

吉原――大阪のお金持は昔と違ってあまりあほなことにお金を使わなくなったんですよ、残念ながら。しかし、一九七〇年の大阪万国博は別ですね。

司馬――経済力はそんなに衰えておらんですよ。近畿や瀬戸内の生産力は高いんだから。

梅棹――生産力という点では、東へ行くほどよくないにきまっています。それを、西日本が資本を投下して、関東から東北までどうやら住める土地になった。これは日本文明の大成功ですが、基盤はこっちにあるわけですよ。

司馬――けれども、東京にセンターがあるから、お金がいったん向うに集まるわけです。

梅棹――通過するだけで、そこの生産額になるんです。それに、今日、政府そのものが巨大な産業ですよ。

司馬——そうすると、銭のいらんことをやらんならん。
梅棹——あるいは、政府をくぐらない銭を使うことをね。
——銭なしでやるというと、文化がもっとも可能性があります。
司馬——小説を書くのは銭がいらん。万年筆と原稿用紙だけでよろしい。これは西日本の特技かも知れません。画家や小説家をおじいさんの代までさかのぼって調べたら、その出身地はきっと西日本が圧倒的に多いと思いますな。細かくいえば、越前をふくめた近畿と瀬戸内海岸。
吉原——やっぱり関西には、そういうものを生み出す豊かさは失われていないと思います。
司馬——人文の風土が古いからでもあるのでしょうね。法隆寺や薬師寺とまではいわんでも、町寺や村寺でも屋根は何ともいえない美しいスロープをもっている、西日本の方は。ところが、東京が大事にしている浅草寺なんか、だ菓子みたいなお寺で、あらかなわんな。
梅棹——日光だって、関西へ持って来たら、だれも行きませんよ。
吉原——東京風の泥くささですな、あれは。
司馬——先日、東京で第一級のビジネス街の食堂へはいってみたら、皿が合成樹脂で驚いたな。関西なら、そんなもん場末の三流食堂でも出さん。伊香保《いかほ》で一番いい宿の食器もそうでした。割れんから機能的だというんですな。しかし、割れるかも知れんのに、一生懸命に絵付けをする。これが文化でしょう。

理屈よりもセンス

梅棹──関西人の合理主義は、美学から離れてありません。少なくとも京都はそうです。美学というものが人生の根本にあるのです。

司馬──バラつくりの名人から聞いたのですが、同じ種を関東でまくと浅い色になるという話です。やっぱり土壌の成分が違う。食べ物の味も違うはずです。食べ物が変わると、人間も変わるわけです。人間の組成の問題ですからね。

梅棹──おいしいものを食べる、そういうことこそ大事だとする精神と、それはばかげたことだと思う精神と。その違いがあります。

──感覚の違いが文化をわけるのですが、いまでも、東西の感覚のずれは大きいし、なくなりそうにないですね。

司馬──絶対になくならん。関西人に、こうや、と一言いうたら、それでみんなわかる。東京では序論から論理的にずっというて来て、だからこうなるんだといって、はじめてわかる。関西でそんなこというやつは、いなか者やといわれる。同じ会社でも、大阪と東京では、こんな違いがあるらしい。

吉原──感覚的に読みとるというセンスは、関西の人が非常に高いと思いますね。東京の画家はまず理屈を一席ぶつわけです。大阪はそれに反論しても仕事の上で何にもならんから、さからいません。

司馬──大阪の人間は、この茶碗ええなあ、でおしまい。制作過程や美学論までいうと色あせてしまう。

千利休以来の土壌的なものですね。

――情報化社会の時代ですが、その場合の西日本の位置付けはどういうことになりますか。

司馬――それは東京ですな。

梅棹――そうではないですよ。いまの東京の非常な成長は、管理をにぎっているからでしょう。管理とは、商品つまり物資の統制です。ところが、情報は必ずしも、管理されたものだけではないので、めちゃくちゃな情報も入乱れています。それがおもしろいのですよ。テレビや出版では、東京中心の傾向が出ていますが、物資の流れに比べたら、情報の流れかたははるかに多中心的ですよ。

吉原――東京は情報の統制をするところではなくて、ただの窓口だと思えばいいのですよ。

司馬――情報というのは、質の悪いのをつかんだらしまいですね。だから、ちょっと離れているほうが選別できます。いま、一番多く情報をにぎっているのは政府でしょうな。

梅棹――ある種のはね。ところで、情報には一種の独自の論理があります。だが、権力とか財力とかと直接結びつくと、しばしば狂うのです。情報としての質のよさを考えると、アナーキーな情報がものすごくいい。ある意味で目的をもたない情報ですからね。政府のは建前としていつも目的があります。このアナーキーな情報は、やっぱり関西の文化的アナーキーの伝統の上にこそ、出て来る可能性があると思うんです。

吉原――国内の美術雑誌は東京でおさえています。しかし、情報はむしろ全国各地で発生し、東京へ集めて再び流す形に、だんだんなるのではないですか。東京がリードするわけではなくて。

拡大する西日本

――新幹線や高速道路が、文化の均質化や一元化の現象をもたらしませんか。

梅棹――むしろ反対ですよ。新幹線ができたから、関西の地盤沈下が上昇に転じたのです。一〇年前の状況と変わったわけです。時間的に近くなってみたら、東京に従属しなくてもやれることがわかった。しかも、空間的距離は厳然とある。交通や通信が阻害されていると、かえって土着思想なんか芽ばえないで、遠きあこがれの形で従属してしまう。心理的な解放感ができてはじめて、自立精神が芽ばえるのです。人間の交通が盛んで、同一商品がゆき渡ったのに、意識の違いというか、生活原理の違いは容易にゆらぎません。

司馬――本質が違うということはないんです。文化というのはニュアンスですからね。

――山陽新幹線や瀬戸内海架橋の実現を間近にして、西日本の文化圏はどうなるでしょうか。

司馬――すでに、ローカル線の航空網の密度は、西日本は実に高いでしょう。大阪・高知は一日一往復ですが、もう足らんぐらいです。僕はずっと大阪に住み、野菜は河内か大和のを食べていたが、いまは高知か宮崎の野菜ですね。西日本エリアがひろがったわけで、京阪神一円の都市化は瀬戸内海側では姫路まで、やがては広島までつながるでしょう。西日本とは、中四国、九州、北陸もふくめて、従来、阪神へ働きに出て来ていた地域ですね。

梅棹――西日本は生産力や文化の底辺の高さでは、共通性はありますね。けど、意識はそうではない。大体、西日本は統一が非常にむつかしいところです。大阪や京都はアナーキーだし。大阪を首府にした独立国は成りたちません。

司馬――しかし、大阪というても、西日本の人が集まった町やから。

梅棹――大阪自体は寄せ集めですね。大都市はみなそうです。ただ、その都市の夢とか理想のようなものがありますね。これは、土着の人かどうかとは無関係です。

司馬――どうしようもない違いが出ます。容器のにおいみたいなものですね。

梅棹――いくら水を入れかえてみても、においは落ちない。人事交流をやっても、東京はついに東京、大阪はついに大阪です。血筋ではなくて、風土や歴史の違いが文化や思想をきめるんですね。

第Ⅳ部　追憶の司馬遼太郎

知的会話をたのしめたひと、司馬遼太郎

梅棹忠夫
（聞き手　高橋　徹）

解説

司馬遼太郎がなくなってまもなく、朝日新聞社のもとめに応じて、わたしは司馬遼太郎との交友についてのべた。聞き手は朝日新聞社の高橋徹氏であった。その記事は『朝日新聞』一九九六年四月三〇日夕刊の「出会う」という欄に掲載された（註）。

（註）梅棹忠夫（著）「最も知的会話を楽しめたのは司馬さん」「出会う」『朝日新聞』（夕刊）一九九六年四月三〇日

二月に亡くなった司馬遼太郎さんは、私の出会った中で最も知的会話を楽しめた方でした。知的な生産活動をともにしはじめたのは一九六〇年代後半だったと思います。共同通信が企画した「日本・情報と変革の時代」の長期にわたる共同討議で、何度かゲストとして来てもらいました（註1）。豊富な知識と新しい視点で語る歴史観に刺激を受け、すごい人だと思いました。

それ以後、大阪府の文化行政や文化開発のための委員会にふたりとも委嘱されたりして、会う機会が増え、親交が深まりました。もっともともに旅をしたことはなく、もっぱら室内でのおしゃべり友だちでした。「日本は〝無思想時代〟の先兵」の題で『文藝春秋』一九七〇年一月号に掲載されたものをはじめ（註2）、雑誌や新聞で六回ほど対談をした記憶があります。私もずいぶん多くの方と対談しましたが、司馬さんはいちばん話がかみあう相手でした。

対談は事実関係を披露しあうということが多いのですが彼との場合は、ひと味違っていました。事実や現象の背後に何があるのか、洞察のひらめき合いみたいな話になりました。お互いが何を考えているのかよく理解できました。

私は青年時代は文学に親しみましたが、長じてからはあまり読んでいません。その例外のひとつが司馬さんの小説でした。私が著作集を出したさいに書いてくださった推薦文を見る限り、司馬さんも私の本を、大変よく読んでくださっていたようでした。

亡くなってのち、追悼文を書くようにと依頼を受けましたが、まだどこにも書いていません。それはこんなことがあったからです。

じつは、私は先生の今西錦司さん（文化勲章受章者）が亡くなった際に、『中央公論』（一九九二年八月号）に長文の追悼文を書きました（註3）。その雑誌が出ると、すぐ司馬さんから手紙が届き、それには「これこそ誠の文学」とありました。あの大文豪からおほめの言葉をいただいたのです。

司馬さんは私の知らない分野の幅広い領域で活躍した方です。ほめていただけるような追悼文を書かなければという思いがありますが、なかなか自信がわきません。

生きていたら、語りあってみたかったテーマは数多くありますが、やはり一番は日本人論です。とりわけ日本人の「志の喪失」です。司馬さんは日本の歴史や文化を比較的肯定的にとらえてきていましたが、晩年は私と同じように批判的になっていたようです。「日本人の道徳心が欠如した」「志が低くなった」と嘆いていたようです。

現在の日本では政治家から一般市民まで、だれも真剣に人類や国家の未来について語ることをせずに、関心のあるのはただお金です。上品な表現でいえば経済主義がすべてです。それが最もすさまじい形になったのが、現在の土地問題です。

『週刊朝日』（一九九六年三月一日号）の田中直毅氏との最後の対談で、司馬さんは土地問題をとりあげています（註4）。それは悲痛な対談です。よくぞあそこまで言っておいてくれたものです。土地を転がすだけで金をもうけることに心の痛みや疑問を覚えないこの国の文化に憤りを感じていたようです。

司馬さんの好きだった明治時代は、日本人の志が高かった時代です。アメリカは犯罪がいっぱいあってひどい点もありますが、やはりたいした国です。人にも国にもまだ志があります。それに比べ、日本の「志の喪失」は驚くべきものです。司馬さんはその志について共に語れる数少ない人物でした。

（註1）この共同討議は共同通信の配信として、全国各地の新聞に連載されたが、のちに、つぎの書物にまとめられている。
林屋辰三郎、梅棹忠夫、山崎正和（編）『変革と情報——日本史のしくみ』一九七一年一二月　中央公論社
この本には、つぎの文庫版がある。
林屋辰三郎、梅棹忠夫、山崎正和（編）『日本史のしくみ——変革と情報の史観』（中公文庫）一九七六年一月　中央公論社
（註2）梅棹忠夫、司馬遼太郎（著）「日本は〝無思想時代〟の先兵」『文藝春秋』一月号　第四八巻第一号　九四—一〇七ページ　一九七〇年一月　文藝春秋
この対談は、本書第Ⅱ部に収録した。
（註3）梅棹忠夫（著）「ひとつの時代のおわり——今西錦司追悼」『中央公論』八月号　第一〇七年第八号　第一二八五号　三二〇—三三一ページ　一九九二年八月　中央公論社
（註4）司馬遼太郎、田中直毅（著）「舵とりを大蔵省に任せていいのか」「日本人への遺言（第二部）」『週刊朝日』三月八日号　第一〇一巻第九号　通巻四一二四号　四四—四九ページ　朝日新聞社

司馬遼太郎さんとわたし

梅棹忠夫

（聞き手　坂本英彰）

解説

一九九六年六月、わたしは『夕刊フジ』から司馬遼太郎との親交についてインタビューをうけた。聞き手は同紙の坂本英彰記者であった。記事は『夕刊フジ』の同年七月二四日号（二三日発行）から五回にわたって連載された（註1）。

このインタビュー企画「この国をどうする——司馬遼太郎と私」は、同年四月一五日号から翌九七年二月一二日号までつづき、その相手は合計三〇名におよんだ。そのうち、司馬夫人の福田みどりさんのインタビューは長期にわたり、『夕刊フジ』の一九九六年六月一九日号から同年七月二三日号まで一カ月以上にわたって連載された。これはのちに、一冊の単行本に収録されている（註2）。

このほかの二九名のインタビューは別の一冊にまとめられた（註3）。わたしの分もそのなかに収録されているが、本書にはそれを底本として載録した。

（註1）梅棹忠夫（著）「語りの名手、知の源泉は…」「この国をどうする——司馬遼太郎と私——梅棹忠夫」一　『夕刊フジ』　一九九六年七月二三日

梅棹忠夫（著）「クールな歴史観」「この国をどうする——司馬遼太郎と私——梅棹忠夫」二　『夕刊フジ』　一九九六年七月二四日

梅棹忠夫（著）「ひとりひとりの人間への愛情があった」「この国をどうする——司馬遼太郎と私——梅棹忠夫」三　『夕刊フジ』　一九九六年七月二五日

梅棹忠夫（著）「政治的なことに距離」「この国をどうする——司馬遼太郎と私」——梅棹忠夫」四　『夕刊フジ』　一九九六年七月二六日

梅棹忠夫（著）「『憂国の士』の志を継げ！」「この国をどうする——司馬遼太郎と私——梅棹忠夫」五　『夕刊フジ』　一九九六年七月二九日

（註2）夕刊フジ、産経新聞社（編）『みどり夫人　追悼の司馬遼太郎——司馬遼太郎さんと私』　一九九七年一月　産経新聞ニュースサービス（発行）扶桑社（発売）

（註3）夕刊フジ（編）『司馬遼太郎の「遺言」——司馬遼太郎さんと私』　一九九七年二月　産経新聞ニュースサービス（発行）　扶桑社（発売）

「語り」の名手、「知」の源泉は……

――三十年来の付き合いということですが、最初はどんな印象をお持ちになりましたか。

梅棹――最初に会ったのは、共同通信社の連載記事で『変革と情報の時代』というのを林屋辰三郎（日本史家）と山崎正和（劇作家）と私の三人で共同討議していたのですが、そこにゲストで来てもらったんです。最初からこれはエライ人やなと思いました。言うことが非常にピシッピシッとツボを押さえているというか、話がおもしろい。事実を実によく知っている。

――読書家でいらっしゃいますからね。

梅棹――読書家であるとともにね、彼は資料を非常に上手に探してくる。地方都市へ行っても古本屋をあさって、地方史の資料をいっぱい買うたらしいです。なまじっかな歴史家ではとても歯が立たんほど資料を持っている。歴史家でそれだけ買える人がおらん（笑）。事実に対するあくなき興味というのがあるんでしょうね。

――「生涯、新聞記者だった」という言い方をする人もいますが。

梅棹――私は司馬さんが新聞記者だと思ったことはない。彼は作家ですよ。むしろ、この人はほんまに新聞記者やったのかなと思っていました。

――資料を丹念に集め、それをもとに小説を書くというのは、学問に通じるところがありますか。

梅棹――非常に近い。綿密な資料集めや事実集めをする。資料を綿密にあさっているうちに、いろんな仮説を思いつくんでしょうな。それでまた仮説に基づいて資料を探し出す。学問と同じやり方ですよ。

――対談されてても、事実関係を披露しあうだけじゃなくて、そこから発想がある。

梅棹――そうそう。非常に発想がある。解釈というか。司馬さんと私の対談だけでも一冊の本になるだけあるんじゃないかな。対談していて非常に楽しい相手ですね。

――司馬さんとの対談はどんな風だったんですか。

梅棹――まさに言葉のキャッチボールですね。投げて受ける、投げ返す。また受ける。投げ返す。次にどんな発想でどんな解釈が飛び出すか楽しみでした。両方ともかなり常識的でないやり取りが多かったんですよ。常識的なことはだれでも考えることやと。多分、向こうもそう思っておられたんじゃないかと思います。

――発想が飛躍していくんですか。

梅棹――飛躍するというか、意表をつくような話がポンポン出てきてね。視野が非常に広い人です。あれだけ日本の歴史のことを詳しく知っていて、しかも日本だけに視野が限定されていない。

――梅棹さんは司馬さんの功績をどうお考えになりますか。

梅棹――日本史の解釈に新しいものをたくさん持ち込み、歴史家の史観を相当揺さぶったんじゃないですか。歴史家に評価を聞きたいですね。いままで歴史家があんまり言っていなかった歴史解釈をたくさん打ち出したんじゃないか。

――司馬さんの小説で一番好きなのは？

梅棹――『坂の上の雲』ですね。あれは日本の明治という国家像を非常によく描き出した。ひとつの民族国家がどのように形成され、発展していくのかということをキチッと見ているんですね。イデオロギーと違うんです。彼はまったくイデオロギーフリーですから。それで、彼を礼賛する人も批判する人もそこが問題になるんでしょうね。イデオロギーがないということが。左翼の人は批判的なんじゃないですか。

——学生運動が激しかった時代でも、学生たちが国会前でデモを組んでいる様子を、達観して見ていました。あの時代は日本全国が沸き返っていたが、司馬さんの見方はかなり遠くを見通していますね。

梅棹——そういう点では、私と波長があう。私がそうなんです。イデオロギーフリーですから。私は戦後日本の知識人としては、マルキシズムに全然かぶれなかったという点でかなり少数派でしょう。彼もそうなんです。私は六〇年安保というのはまったく記憶にない。そういうのと関係のないところで生きていましたから。

——それはマルキシズムというかイデオロギーをあえて避けるということなんでしょうか。

梅棹——いえいえ。マルキシズム自体をひとつの歴史的現象として非常にクールに見ている。歴史のひとこまとして見ている。自分はその中に入らない。

——それはおもしろい視点ですね。

梅棹——二人ともそうなんですよ。二人で対談しても、その点でいつもベースは同じなんですね。時代をクールに見ていて、全然エキサイトしないんです。しかし、それを右翼と見る人もあるかもしれませんね。マルキシズムでないというだけで。実際、その点では司馬さんも私も同じ評価をされている点があるかもしれません。戦後の一億総マルキシズムみたいな風潮の時に、そうでない言説を唱えるというのはね。

——今でこそさらっと言えるかもしれませんが、日本全国にマルキシズムが吹き荒れていた時代には、かなり抵抗というか批判があったかもしれません。

梅棹——ありました。ただ、非常に冷静ではあるけれど、冷ややかというのとはちょっと違う。やはり彼はこの国とこの民族をこよなく愛していたんでしょうね。このわれわれの国の行く末を深く案じていたんじゃないですか。

一人ひとりの人間への愛情があった

——司馬さんの小説を読んでますと、なぜか温かみを感じます。

梅棹——『最後の将軍』という小説がありますね。最後に徳川慶喜が死んだとき、各国の外交団は前国王の死に相当する礼をとった。そういうところをきちっと書いているというところに、愛情がこもっているんですね。

——クールで客観的にみているのですが、その上に何となくホンワカした温かみがある。

梅棹——人間理解がある。彼は一人ひとりの人間に対する愛情があったんです。

——ただ、戦争中のことはあまり小説に書いてらっしゃらないですね。

梅棹——書いていないですね。一番新しいところが乃木将軍（『殉死』）でしょう。あれはおかしい小説でね。乃木希典は軍人としては拙劣極まるが、詩人としては一流の才能があったという書き方をするんです。クールでどこか思いやりがあるんです。人間臭いんですね。

――ふだんの司馬さん本人も思いやりがある方だとおうかがいしましたが。

梅棹――非常に思いやりがある。個人的にもそういう場面が何度かありました。私が目が見えなくなったというのに、彼は手紙をくれるんです。「完全に失明したんじゃない。少し見えているらしい」というので、手紙の字が五センチ角ぐらいの大きな字で書いてある。あれはちょっと感激しました。それでも私は見えなかったですけどね。大きく書けば読めるかと彼は思ったんでしょう。愛情を感じましたなあ。

――そういうところから人柄がにじみ出てくるんでしょうね。

梅棹――同情してくれたんでしょうね。

――だれに対しても、わけへだてなく話をされる。

梅棹――私の人生の節目節目のパーティーでも、何度かスピーチをしてもらってるんですが、それが見事なものです。情がこもっていて、実におもしろいんですよ。

――どんなお話をされたんでしょうか。

梅棹――具体的には覚えておりません。それから、私の著作集に推薦文をいただいてます。私は彼の追悼文を書こうと思っているのですが、書けないのですよ。

――それはどうしてですか。

梅棹――やっぱり、思いがこもっているんですよ。ひとつはね、こういうことがあったんです。今西錦司先生が九十二歳で亡くなったとき、その追悼文を『中央公論』に書いたら、司馬さんからすぐ手紙が来て、「これぞ誠の文学」というほめ言葉で激賞してもらった。そういうことがあったので、彼が生きていたら「これぞ誠の文学」と言ってくれる文章を書きたいわけですね。それだけの自信がまだ凝集できてないというか、まだよう書きませんな。

——いろいろ依頼はあったんじゃないですか。

梅棹——ありました。ですがね、書けない。

——ところで、みどり夫人ご本人がおっしゃってましたが、司馬さん夫妻は非常に仲がよかったそうですね。

梅棹——それはもう非常に仲がいい。あの奥さん大したもんですよ。いっぺん一緒に東大寺に行ったことがあるんです。みどりさんも一緒で、うちも女房と一緒でした。大阪のロイヤルホテルでやった「司馬遼太郎さんを送る会」でのみどりさんのあいさつは、これはもう大したもんでした。彼女も相当文学的ですね。新聞記者としては、みどりさんの方が評価が高かったと聞いています。

——みどりさんに支えられての司馬さんという部分があったんでしょうね。

梅棹——あると思います。穏やかな、静かな人ですけどね。随分奥さんに支えられたんじゃないかな。

——ふだんの司馬さんというのは、よく話される方ですか。

梅棹——非常に気さくにしゃべる人ですよ。数年前に料亭かどこかで食事をしたとき、「あんたは若い顔をしてるけど、座ったり立ったりするとき、いちいちドッコイショちゅうな。やっぱり年やな」と。彼の方が三つくらい下のはずなんですがね。

——本当の友人みたいですね。

梅棹――友人です。本当の友人なんです。いっぺんおかしいことありましたよ。私がこの民博を作る工作をいろいろやってたときです。宮沢喜一さん（当時は通産大臣）と木村俊夫さん（当時は官房副長官）と私とで大阪のミナミの料亭で飲んでいたんですよ。そうしたら宮沢さんが司馬遼太郎を呼ぼうじゃないかと言って、私が電話をかける役になったんです。

――なるほど。それで。

梅棹――「こういうとこで飲んでるんやけど来やへんか」と誘ったら、「行く行く」と言うて彼来たんですよ。私たち三人が一緒に飲んでるということ知らへんのやな。そして彼来てね、びっくりして「何やこれは」。かつらをかぶった芸者をずらーっと並べて飲んでたから。

――司馬さんはそういうところ、一歩退こうというところがあったんですね。

梅棹――彼は基本的に政治家と同席しませんからね。それを私が利用していた面もあるんです。この前の大阪府知事の選挙でも、人は私を推薦人にして運動に巻き込もうとするんですよ。そしたら「私を推薦人か何かにしたいと思うなら、司馬遼太郎を口説いてこい。司馬遼太郎が推薦人になるなら私もなる」と。彼は絶対にやらへんと分かってる。それを私は利用しているわけです。彼は一切そんなのにかかわらなかった。見事なものです。

――なぜ政治的なことと距離をおこうとされたのでしょうか。

梅棹――私も選挙に関係あることは一切やらないから、彼の気持ちは分かります。イデオロギーフリーということと関係があるんでしょう。自由が確保できなくなるから。

――ところで、ミナミで飲んでいたとき、どんな話をされたんですか。

梅棹――話の内容というのは忘れてしまった。にぎやかだったんですけど。楽しく飲んでました。

――司馬さんは公的に政治にコミットすることはないが、個人的には話を聞いたり、議論をしたりということはされたんですか。

梅棹――しています。毛嫌いは別にしていない。しかし、社会的場面で政治にコミットすることは一切なかった。

日本文明は今が絶頂では……

――大阪と司馬さんの関係でうかがいたいのですが、司馬さんはクールに突き放しながらも大阪への思いがあったようですね。

梅棹――ありました。山片蟠桃という人は金貸しの番頭さんですが、日本の生んだ極めて独創的な思想家です。日本文化を国際的に紹介した人にあげる大阪府の山片蟠桃賞というのがあって、司馬さんはそれの選考委員でした。というよりこの賞の中心人物でした。山片蟠桃という人を冠するというのは非常に彼らしい着眼ですね。その表彰式に必ず彼は来ます。

――しかし、大阪はいい所だという言い方は決してしませんね。東大阪にお住まいでしたが……。

梅棹――しない、しない。極めてクールなんですよ。ちゃんと見ている。ようこぼしてましたね。街路樹の周りに花壇なんか作ってるんですが、それをごっそり根こそぎ持っていきよるやつがいる。「ひどいやっちゃ」と。

——最後の『風塵抄』では、土地問題を書いてらっしゃいます。

梅棹——田中直毅さんとの対談も痛烈ですね。土地問題。その点私も同調しますが、日本社会の根幹をぶち壊しよる。土地を金もうけの手段にするのは本当によくないですね。彼は「日本人がアジア人化した」と言うんですね。私もそうだと思う。アジアというのは基本的に中国もそうですけど、金の世界なんです。日本人は違ったはずだが、このごろ金が万能になってきた。日本人は志があったはずなのに、これは嘆かわしいことやと私は思っています。日本人にもう一度、志を持ってもらいたいと。価値の体系をもういっぺん構築し直さんならんですね。

——それは司馬さんのおっしゃってたことですね。

梅棹——彼もそういうことを趣旨として言っていた。

——晩年は物事に対して何かと批判的になってますね。

梅棹——特に土地問題は痛烈ですよ。近所に空き地があって、おじいさんが一人ネギを作っている。なんでそんなところにもうけにもならんネギを作っているか。やっぱり土地を売ることを考えて持っているんだ。そのへんから痛烈な批判をしていますね。

——かなり悲観的な将来を描いていたということにもなるんでしょうか。このままじゃいかんよ、ということを言いたかったのでしょうか。

梅棹——そうだと思います。私も、このごろしきりに言うてるんですけど、司馬遼太郎の志を継がんならん。彼はある意味では憂国の士なんです。日本の行く末を、非常につらい思いで見てたんでしょうね。これではよくないなあと。

司馬遼太郎をよむ――『韃靼疾風録』など

梅棹忠夫
（聞き手　米山俊直）

解説

一九九八年二月、司馬遼太郎の三周忌をむかえるにあたって、かれの母校の大阪外国語大学は「司馬遼太郎の世界」と題する記念文芸講演会を大阪府千里で開催した。わたしは同学長の池田修氏の依頼をうけて「東アジアの文明」と題する講演をおこなった。この会が文芸講演会と名のっている趣旨にかんがみて、わたしも司馬遼太郎の作品のいくつかに言及したが、これはわたしがかれの作品についてかたった数すくない例となった。講演はインタビュー形式でおこなわれ、聞き手は大手前女子大学（現在は大手前大学）学長の米山俊直氏であった。この講演会の要旨は後日『産経新聞』に掲載された（註）。

このたび本書に載録するにあたり、その要旨に多少の手をくわえた。

（註）梅棹忠夫、米山俊直（著）「東アジアの文明――司馬遼太郎の世界」『産経新聞』一九九八年二月二七日

壮大な構想

米山——まず司馬さんとのご関係からお願いします。

梅棹——司馬さんとは、学歴、職歴などの経歴において共通した部分がない。ただ一つだけ共通しているのは兵歴です。二人とも中部第四九部隊、つまり加古川の戦車隊でした。ただし、私はいっぺんも戦車に乗っていない。彼はその間、大陸で本当に戦車に乗っていた。実際のつきあいは、かなり年齢を重ねてからです。知りあってからは非常に親密な友人関係でした。

米山——梅棹先生も司馬さんもモンゴルへの思いは深いですね。

梅棹——司馬さんは大阪外国語学校、いまの大阪外国語大学のモンゴル語科の出身ですが、実際にモンゴルへ行かれたのは一九七三年だと思う。私がモンゴルにはじめていったのは、一九四四年です。四六年に帰国するまでのかなりの期間を内モンゴルの草原ですごしています。戦後は八二年に外モンゴルへ行きました。司馬さんが歩かれたところは私も全部歩いています。共感するところが大変おおい。実は一九九七年の夏、一五年ぶりにモンゴルへ行ってきたんです。かつてはウランバートルの市街にはロシア人があふれていた。それが今は一人もいない。たいへん空気が明るくなって皆のびのびと語るようになっています。

モンゴルは、ただ草原があるだけです。悠々と遊牧をやっている。モンゴル遊牧民に対する司馬さんの愛情の深さには、本当に心を打たれます。

米山――むしろ侵入してきたのは農耕民のほうで、農耕民が悪いように書いていますね。

梅棹――正しい見かただと思います。近世、清の時代においては、漢人が南からじりじりと草原を侵食して農耕地にしていった。まさにモンゴル遊牧民と漢人農民との絶えざる闘争、食うか、食われるかの歴史ですね。

しかし、モンゴル遊牧民を直接のテーマにした作品は、かれは書いていないようです。東アジア全体をとりあげた作品では『項羽と劉邦』があります。これは古代中国の『三国志』の世界ですね。当時の英雄像をくっきりと描き、中華文明の世界をまるごと抱えこんだような立派な作品です。しかし、かれのその後の作品はほとんどが日本の歴史で、中国を舞台にしたものは『空海の風景』ぐらいしかありません。かれの最後の長編となった『韃靼《だったん》疾風録』は、主人公は日本人ですが、東アジア全域を舞台にした壮大なロマンです。

米山――小説として、最後の作品ですね。

梅棹――この作品は、明が滅んで清軍つまり満州族が山海関をこえて中国に入ってきて、王朝をたてる。その大動乱のなりゆきをじつに詳細に書いている。どういうヒントでこれを書き出したのか、司馬さんとこのことについて話をする機会がありませんでした。彼は相当しっかりした資料を持っているんだと思う。まったくの空想でこんなものが書けるわけがないです。彼はいつも歴史家ではとうてい歯がたたないほどの豊富な資料を持って執筆にかかったようです。

『韃靼疾風録』は直接のよりどころになる文献があったかどうか、それがわからない。ただ私は、なかで登場する愛新覚羅《あいしんかくら》の子孫のひとりと親しいんですが、その人から聞いている話が非常に正確に書かれています。

作品には満州、蒙古、漢、朝鮮、日本の五民族が入り乱れて出てくる。そして、それぞれの民族の文化や精神的特徴が実に正確に描き分けられている。どうしてこんなことまで知っていたのかと思います。近世東洋史、民族史として実に優れた教科書です。司馬遼太郎という人はほんとうに不思議な人だったと思います。人間ないし文明に対する驚くべき洞察力ですね。

米山――司馬さんは朝鮮にも関心を強く持っておられたのですが、司馬作品で外国語に翻訳されているのは『故郷忘じがたく候』だけなんですってね。

梅棹――ああそうですか。司馬作品はちょっと外国語にはしにくいかもしれない。

米山――基本的に司馬さんというのはやはり詩人だと思うんです。原稿でもあれだけ推敲されている。言葉の行をちょっと変えるとか、非常にデリケートな気を配って何万枚という作品をつくっている。いわば凝縮して俳句の文章を練るのと同じぐらいの密度でやっておられる。

梅棹――『韃靼疾風録』でも中国古典の引用がたくさん出てきますが、我々が読んでいてかろうじて読解できる。あれを外国語に翻訳するのは不可能に近いと思います。

米山――司馬さんは「文明」と「文化」という言葉を非常にきれいに定義している。司馬さんがよく使われる文化の例は、日本の女の人が座敷に入るときには両膝をついて両手でふすまをあけて入る。その形を、見ている人は美しいと思うし、やってる方も気持ちがいい。合理的っていうんだったら立ったままあけてもかまわないのだけど。これが日本文化なんです、と。それはしかし、スリランカへ持っていくことはできませんと。

梅棹――（笑）

米山――なぜスリランカがでてくるのかちょっとわからないのですが、そういうことなんですね。それに対して文明のほうは、これも司馬さんはいくつも例を挙げてるんですが一番は信号だと。赤は止まれ、青はGOだと。これは世界的に通用する普遍的なもの、これが文明です、と。

梅棹――そのとおりです。司馬さんは、日本史以外に視野を拡大するのが遅すぎたような気がするんですよ。もっと早く彼が外国のことを扱い始めていたら、われわれは教えられることが大きかったんじゃないか。文明というものをどう解釈するか、それは今までの歴史家はほとんどやってこなかったことです。

遊牧民への共感

米山――司馬さんは遊牧民族への共感を強く持っておられましたが、梅棹先生のご研究の中で、遊牧民の研究はどんな意味を持っているのでしょう。

梅棹――非常に大きな意味があります。私の世代で初めて遊牧民のフィールド・ワークが始まった。遊牧という特異な生活様式をとっている連中の存在を挿入することによって、世界史の見かたががらりと変わる。それまでは、中国の四千年の歴史は農民の歴史です。われわれもそこからの派生体みたいなものです。ヨーロッパも農民です。ところが、遊教民というのがその農耕社会に揺さぶりをかけた。そこから世界史が違う方向に走りだした。

西ヨーロッパも日本も遊牧民世界とほとんど接触していなかった。しかし、中国は遊牧民によって社会の根底がゆるがされる。あるいは始終、脅威を感じていて、その防衛が国家の第一目的になっている。これは今日の国際情勢までずっと後を引いている。例えば一三世紀のモンゴル帝国の中のキプチャク・ハーン国は現在のロシア平原にあったんですが、ロシア帝国を屈服させるんですね。ロシア貴族が本当にひどいあつかいをうけ、その恐怖がずっとあとまでのこっている。それで、ロシアはアジアに対して過度に神経質なんだと、私は思うのです。

「公」の意識を

米山——司馬さんは晩年、日本の行く末について、ずいぶん危機意識をお持ちでしたが、梅棹先生も明治以来作られた日本の仕組みに、矛盾が起こっているとお考えですね。

梅棹——私は晩年の司馬さんに非常に共感をしておったんですが、彼は現代日本の、精神的堕落といいますか、弛緩《しかん》、つまり緊張を欠いているということを、深く憂慮していた。私もそうです。やはり、このままではよくないなと思っているんです。どうすればいいのか、よく分かりませんけどね。

私は、日本の中世以来培われてきた崇高な精神が、現代は失われたと感じているんです。それをもう一度、取り返さなくてはだめじゃないか。それは一語でいうと、私ではないもの、公ということですね。公というのは、会社や国のことを超えて、世界のことです。世界というものを思う心がどうしても必要なんじゃないか。私心だけでは、やっぱりいかん。ところが今日の日本は、私は非常に私心だけになっているというふうに思っております。

米山――確かにそうですね。私権の肥大はものすごいです。

梅棹――もともと土地所有権などについては、日本は私権の非常に強い国です。領主の権力よりも、土地をもっている農民の証書一枚の方が強い国ですからね。しかし、あらゆる場面で私意識がどんどん大きくなって、公意識がなくなった。公共のためにという精神がなくなったら、やっぱり社会は具合悪いですね。

米山――だから、道徳的緊張がほしいわけですよね。公というものを大事にするシステムがいるんです。モラルだけ説いたところでだめですね。

梅棹――ええ、モラルを説いたところでだめです。制度です。公というのは、もちろん政府のことではない。社会のことであり、人類、あるいは文明のことです。人類のゆく先に思いを巡らせて、なんとかしなければいかんと思う心が必要だろうということですね。「私」がお金をもうけることを第一に考えていたのでは人類の未来はとてもひらけそうにない、ということです。この点は司馬遼太郎もおなじ思いだったと私は感じています。

コメント1　同時代の思索者——司馬遼太郎と梅棹忠夫　米山俊直

同時代人の二人

司馬遼太郎と梅棹忠夫（敬称略）、この二人の比較を試みる。私はこの二人から大きい影響を受けている。二人の同時代に生きてきたことを幸いだったと思っている。

司馬遼太郎は大正一二（一九二三）年生まれ、平成八（一九九六）年二月一二日に、七二歳で逝去。梅棹忠夫は大正九（一九二〇）年生まれで現在八〇歳である。ともに関西（大阪市と京都市）で誕生していること、ともにするどい叡智の結晶である厖大な著作をのこしていること、それも、平明な日本語であり、リーダブルであること。

もっとも、日本人以外の人には、わかりにくいこともあるのかもしれない。司馬の翻訳が少ないことの理由に、その語彙にはたくさんの注釈が必要だから、と言った外国人を知っている。梅棹の文章についても、それは言えるかもしれない。

二人が世界をまたにかけた行動半径をもったこと、あるいはモンゴルに強い共感を抱いていたことなども、共通している。ともに文化勲章を受章し、社会的な影響力も大きい。没後四年のいまも、司馬の小説は新聞に再録され、この対談集のように活字の再録も続いている。「街道をゆく」のテレビ番組も続いている。また梅棹は失明を経験しながら、なお矍鑠《かくしゃく》と発言を続けている。その実例はのちに紹介する。

しかし、その思索のあと、思想形成のあとをたどると、おのずから相異がある。

二人とも、文化について、日本人について、あるいは人類文明の帰趨について、多くの発言をのこしている。その発言について、文化ないし文明についての発言をひろって、その異同を検討してみるのが、小文の主題だが、じつは二人の定義は明解そのものである。

「司馬は文明を「合理的なもの、普遍的なもの、だれもが参加できるもの」とする。たとえば赤で止まり、青で進む交通信号。それに対して文化は「ある集団でしか通用しないもの」である。たとえば日本女性がふすまをあける所作。それは日本人には美と安らぎを感じさせるが、そのまま外国には通じない。梅棹は文明を「制度、装置、機構、組織などのシステム」と定義し、文化は「文明をささえる人間の価値観」であるという。

文明と文化について、二人はたくさんの発言をしている。そのすべてをひろいあげることはできない。そこで、まず二人のひととなりの足跡をたどり、ついで話題の焦点を「明治」とそれにつながる現代にしぼって、二人のそれぞれの視点を対比してみたい。

司馬遼太郎の終戦まで

司馬遼太郎は、本名福田定一、関東大震災のあった大正一二（一九二三）年、大阪市浪速区西神田町で生まれた。父は開業薬剤師、祖父は餅屋だった。次男だが兄は二歳で夭折していて、姉と妹一人ずつがある。生後まもなく乳児脚気のために、母の実家に近い奈良県北葛城郡今市の仲川家で三歳まで養育された。「母親の実家が二上山の南の竹ノ内峠を大和盆地側へ下った村にあったものですから、子供のころはこの日本最古の官道である竹ノ内街道でよく遊んで、そのころのことが忘れられない。古墳が多くて、冬田などから弥生式の土器のカケラや黒いサヌカイトの石鏃《せきぞく》などが出るので、村の子供たちはいっぱいもっていた。わたしも拾ったり、駄菓子と交換して集めたりしたもので、六年生のころには、六畳の間が埋まるくらいもっていました。」（『司馬遼太郎全集』三二巻　文藝春秋　一九七四年、「年譜」より）

昭和五（一九三〇）年、浪速区内の小学校に入学。四年生までの担任の先生が水泳事故の責任を取って辞任された後、まったく勉強しなくなり、卒業まで「およそ子供の悪事という悪事はやりつくしたようですな。」「『学業優等』の賞状はもらいましたが、『操行善良』の方はもらったことがないんです。」（同右）

なお、父方の福田家は播州広《ひろ》の出身である。「わたしの播州」というエッセイに、祖父惣八が米相場で失敗して大阪に出て、菓子製造で成功したとある。そのゆかりで姫路市の文学館に司馬遼太郎記念室がある。

昭和一一（一九三六）年、私立上宮中学校に入学。市電で通学。一学期の成績は三〇〇人中でビリに近い。びっくりして勉強して、二学期はやっと二〇番ぐらいになった。「このころから、自分は愚鈍で無能な人間だと思っていました。勉強をしても野球をしても二流の人間だと思いこんでいました。といってもけっして陰鬱な少年ではなく、じつに朗らかに通学していた。中学時代のわたしを知る人は、おそらく『粗暴な少年』という以外の印象をもっていないんじゃないでしょうか。」（同右）

昭和一三（一九三八）年、中学三年生。このころより御蔵跡町の市立図書館へ通いはじめる。「たいてい夜の八時か九時ごろまでたてこもって、片っぱしから本を読んだものです。この図書館通いは大阪外語を出るまで続いたのですが、しまいには読む本がなくなってしまい、魚釣りの本まで読んでしまいました。」（同右）

昭和一五、一六年と二度、旧制大阪高等学校、弘前高等学校を受験するが失敗。一六（一九四一）年四月、大阪外国語学校蒙古語科に入学する。同期の支那語科に赤尾兜子、一年上級の印度語科に陳舜臣、二年上級の英語科に庄野潤三が在学していた。「趣味とかコレクションといったものはなにもありませんでしたが、ただ暇があれば山歩きをしていました。金剛山、葛城山、六甲山などこの辺の山はたいてい歩きつくしています。」「子供のころから数学がだめでしてね。幾何がいくらかわかった程度で、あとは代数も何もできない。……。そのために結局数学が試験科目に入っていない外語にいくことになったんですけれども、今でも数学に対するコンプレックスは強い。」「でも新聞記者時代はサイエンスの記事が得意でした。つまり理論物理学の量子力学のかんたんな解説ぐらいは今でも書ける。どういうことなんでしょうね。」「モンゴル語科は一〇人ほどのクラスだったので出席すれば当てられどおし。予習復習が小学生よりうるさくて、わたしのような不勉強なものでもやっていかないことにはついてゆけない。それも毎日六、七時間も授業がある。ほんとうにうんざりしましてね、兵隊にいったほうがましだ……。ところが軍隊にいったらまた何やかや試験がある。もう絶望的ですね。」「傾倒したのはロシア文学と『史記』の列伝でした。日本文学もひとわたりは読みましたが、学内の文学グループには怖れて近よったことは一度もありません。とにかく友だちというものは一人もなく無思想的ニヒリズムの生活を続けていた。学業成績も中以下でした。」「小説を書こうとは思わなかったのですが、いわゆる『塞外《さいがい》の民族』の集団としての運命に強い関心を持ったように思います。沙漠化してゆく草原の変化に追われ、漢民族の居住地帯に入るべく、中国数千年の歴史時間のなかで、長城に肝脳を血まみれにしては加えつづけたピストン運動というものに強い悲哀を感じてしまって、『もし彼ら民族の心というものが書ければ、いつ死んでもいい』と思うほどの気持ちがありました。学生時代に歴史に対して文学的感動というものがあったとすれば、このことぐらいだったかもしれません。」(同右)

昭和一八(一九四三)年九月、学生の徴兵猶予停止となる。仮卒業で学徒出陣。兵庫県加古川の戦車第一九連隊に入営。ちょうど二〇歳であった。

「夕方六時のラジオのニュースで、学生の徴兵猶予の恩典の取り消し、いわゆる文科系学徒の動員を聞いたとき、おもわず『しめたっ』といったら、親父が変な顔をして、『おまえ、兵隊が好きか』って実にバカにしていった。もとより兵隊は大嫌いなんですけど、それより学校のほうがいやでたまらなかったからなんです。ところが、いざ兵隊にゆくとなると、『国家』というものに対してどうにもならぬ懐疑心がわいてきた。『国家』には果たして人民に『死』を命ずる権利があるのか、あるとすれば誰が与えたのか……。死そのものについても頭が変になるほど考えて、『歎異抄』を読むかと思えば不意にロベスピエールが好きになったり、逆に嫌いになったり、これはギロチンのイメージだったのかな。」「結局、自分は何のために死ぬのか、全然わからなかったのですが、終戦直前のころ、内地に帰ってきて、栃木県佐野の町角に遊んでいる子供たちを見て、『ああ、この子らを守るために死ぬのかな』などと思ったりして、そのくせ軍隊ボケして日常にかまけてしまって、実際は薄ボンヤリしていました。」入営前は将棋屋に通って勝負事で生死の課題をごまかしていた。どうせ死ぬのならと、遊廓へつれていってもらったが閉口してだめ。「とにかく少年期が長くて、とりとめもない青春でした。」

「加古川の戦車一九連隊に入営しました。『初年兵、スパナを持ってこい』と古年次兵がいう。『スパナとは何でありますか』と聞いたら、これだ、というわけでスパナで殴られてしまいました。ねじ廻しのことは『柄付螺廻《えつきらまわ》し』などという。土人が文明社会の仲間入りをしたようなものでした。」（引用した文章には人権表現として不適切な個所が含まれているが、昭和四九年当時の表現であることを考慮して、原文のままとした。）（同右）

昭和一九（一九四四）年四月、満州に渡り四平《しへい》の陸軍戦車学校に入る。一二月卒業後、見習士官として牡丹江の戦車第一連隊に赴任。同じ連隊に作家の石浜恒夫氏がいた。「初年兵教育が終わって入った満州の四平の戦車学校は、東京の機甲整備学校や千葉の戦車学校とともに陸軍における戦車の下級指揮官の養成機関でした。」「赴任した戦車第一連隊は、対ソ用の戦車隊でしたが、ソ連戦車の威力の方がはるかに大きく、日本の国力に絶望的な思いをもって、初めて日本国家の近代性というものを、『技術』の側面から考えるようになりました。」（同右）

昭和二〇（一九四五）年五月。内地に帰還。相馬ケ原から栃木県佐野に移動。ここで終戦を迎える。

「満州から釜山まで帰りました。釜山の埠頭には戦標船が横づけになってくれました。私は積みこみの監督をやっているつもりでしたが、何も知らなくて結局は下士官がやってくれました。その間、埠頭の草むらで寝ころんでいたら、いつの間にか眠ってしまい、ふと目がさめると夜になっていて、船の姿がない。あのときほどびっくりしたことはなかったですな。後ろをふり向きさえすれば、そこに船がちゃんといるのに……。」（同右）「復員して、まずどこよりも行きたかったのはあの図書館でした。建物は戦災で焼けて、難波の精華小学校に間借りしていました。尋ねていきますと、受付は昔からいる人で、『おまえ帰ってきたんか』といってくれたのがなんともうれしかった。そのときの主事が西藤さんといって、その後市立中央図書館の館長などをされましたが、最近停年で退かれました。」（同右）

梅棹忠夫の終戦まで

梅棹忠夫は、大正九（一九二〇）年六月一三日、京都市上京区千本通中立売上ル東石橋町で生まれる。昭和二（一九二六）年、幼稚園に入園。翌年四月、市立正親小学校に入学。昭和七（一九三二）年三月、五年生修了で小学校を卒えて、四月、京都府立京都第一中学校に入学した。博物同好会に入り、さらに九月、山岳部に入部する。一二歳であった。

梅棹家の出自は滋賀県琵琶湖の北岸、伊香《いか》郡浅井《あざい》町菅浦で、初代の「梅棹儀助は幕末に京都にでて、大工になった。一八四〇年ころのこととおもわれる。大工としてはかなりの成功をおさめたらしく、棟梁として西陣のおおきな寺の建築をうけおった記録がわたしの家につたわっていた。」「わたしは初代儀助からかぞえて、梅棹家の第四代の当主である。」（『行為と妄想――わたしの履歴書』日本経済新聞社一九九七年から）。儀助は年をとって大工を廃業、織機の部品の木工品の製造を始めたがあまり売れ行きがかんばしくなく、のち下駄の製造販売に転じた。それが成功して、さらに隣に化粧品店を開いた。「ふたつの店が千本《せんぼん》通の東側にならんでいて、それぞれ南店、北店とよんでいた。」「わたしはその両方を自由に行き来してそだった。北店の二階にはひろい座敷があって、そこがわたしの祖母、つまり梅棹家二代目菊之助の妻ふさの居室になっていた。わたしはおばあさん子で、この祖母にくっついておおきくなった。」（同右）「西陣の町家には一七世紀以来の町衆の伝統がのこっていた。」「町人の倫理は徹底したものであった。わたしは祖母や父母の市民としての生活ぶりをみてそだったが、それはまったくきびしい市民的平等感覚でささえられていた。庶民的というのではない。市民的なのである。」地蔵盆の記憶もある。人生最初の記憶は関東大震災。「一九二三年九月一日の朝、わたしは二階から階段をころがりおちて、かまちにしたたか後頭部をぶつけた。そこへグラグラと地震がきた。まだわたしの家に同居していたわかい叔父が『地震や』といって棒立ちになった。京都はなにも被害はなかったが、わたしの後頭部の傷ははげになってのこり、のちのちまでも『震災記念』といわれた。」大正デモクラシー時代である。「小学校時代は昆虫採集にうつつをぬかしていて、勉強などはなにもしなかった。予習復習の習慣も身につけることはなかった。」自分では工業学校の建築科などを空想していたが、担任の先生と父親の共同謀議で、いつのまにか中学を五年生修了で進学することになった。その学力検定試験を突破して「第一中学校すなわち京都一中を受験した。この入学試験のほうが検定試験よりよほどやさし

かった。」（同右）

中学にはおなじく五年修了で入学した川喜田二郎、土倉九三《どくらくぞう》がいた。久邇宮家彦《くにのみやいえひこ》王殿下も同級だった。中学の校風は自由闊達の空気が強かった。ライバルはイートン校だった。「趣味の昆虫採集は小学校以来のものだったが、中学校にはいってからはますます熱をあげた。『日本昆虫図鑑』という、二千数百ページの大部の本を買ってもらった。」「中学校に入ったので、父はわたしのためにはなれ座敷を新築してくれた。ここでしっかり勉強して優等生になることを父は期待したのかもしれないが、わたしはいっこうに勉強しなかったので、成績はいつもクラスの中くらいだった。」「このはなれ座敷は、わたしの昆虫学研究室になった。」博物同好会で二泊三日の北山での採集旅行があった。山岳部の北山小屋に二泊して、雲ケ畑におりてくる途中でキイロスズメバチに左半身を十数か所刺されたりした。この合宿がきっかけで山の魅力にとりつかれ、二学期から山岳部に入部して、日曜日にはせっせと近郊の山に登った。川喜田、柴谷篤弘《しばたにあつひろ》が仲間にいた。先輩の今西錦司、西堀栄三郎らが選定した「山城三十山」があったが、それを改訂した「新山城三十山」をつくった。「その下篇の編集はわたしにお鉢がまわってきた。わたしは部員たちを督励して原稿をあつめるとともに、自分もずいぶんたくさん執筆した。編集後記も書いた。『山城三十山記　下篇』は一九三五年の七月に発行された。ガリ版刷りながら、一七一ページの堂々たる本である。このときわたしは満一五歳だった。これがわたしの六〇年にわたる著作活動の最初の成果である。この本を編集したことは、その後のわたしの人生につよい影響をおよぼすことになった。」（同右）

京都一中時代、もうひとつ大きい出会いがあった。先輩の今西錦司・西堀栄三郎ら四氏が、京都帝国大学白頭山遠征隊を組織し、冬季初登頂に成功して、母校に講演にやってきた。その記録映画を見た。「雪のカラマツ林のなかをスキーで行進する隊員たちの姿、そして白雪にかがやく膨大な白頭山の全容がうつしだされた。それはすさまじい迫力をもってわたしにせまってきた。わたしはこれこそ自分のゆくべき道だとおもった。わたしもこのような未開の土地への探検の道をあゆもうと決心したのであった。」（同右）

中学四年、高校進学の目標は第三高等学校。四年生の夏をもって登山を一時休止して、受験勉強に。夏休みには台高《だいこう》山脈と大峰《おおみね》山脈、前後九日間の山旅だった。リーダーをつとめ、他に三人が加わった登山であった。

昭和十一（一九三六）年三月、中学四年修了。四月、第三高等学校入学。この年京都一中からは四年修了で五人が合格。理科甲類。競争率は七～八倍だった。一五歳一〇カ月だった。甲類は英語が第一外国語、第二外国語がドイツ語、そして日仏学館でフランス語を同時に学んだ。三高のモットーは「自由」。徹底的に自由が尊重された。「日常の行動も強制も束縛もほとんどなく、まことに自由そのものだった。」（同右）

一年の三学期から寮に入った。南寮二番の部屋で、室長は板倉又左衛門（のちに創造と改名）、「『きみはここにくるには、はやすぎる。もっとゆっくりせよ』といわれた。そしてじっさい、そのとおりの人生をあゆむことになった」（同右）

「三高にはいると、わたしはためらうことなく山岳部に入部した。中学時代にひきつづいて、登山にいっそうの拍車がかかった。」一年生の夏は南アルプスへいった。「三高山岳部の生活は、このうえもなくたのしいものだった。休憩時間や放課後にはかならず山岳部のルームにいって、友人たちとおしゃべりをした。」同級生に吉良竜夫、四方治五郎《よもはるごろう》、一年遅れに川喜田二郎、藤田和夫など。山岳部は遭難事件が多い。「登山は危険なスポーツである。つねに死と紙一重のところをゆくのである。わたしもながい登山の経歴を通じて、なんどもおそろしい目にあっている。わたしは運よく生きながらえたが、山で友人をなんにんもうしなっている。」（同右）

昭和一五（一九四〇）年七月、三高山岳部員として伴豊、藤田和夫とともに朝鮮半島の咸鏡北道、咸鏡南道の山を歩く。冠帽峰連山、摩天嶺山脈から白頭山登頂。第二松花江の源流を確認。安図県（現・吉林省）をへて新京（現・長春）をへて九月帰洛。一二月、京都探検地理学会樺太踏査隊に参加。翌年一月帰洛。

昭和一六（一九四一）年三月、三高卒業。四月、京都帝国大学理学部入学、（主として動物学専攻）。七月、京都探検地理学会ポナペ島調査隊に参加。隊長今西錦司。パラオ、トラック、ポナペ、クサイ、ヤルートの各島を歴訪。ポナペ島の生態学的調査をおこない、一〇月帰国。

昭和一七（一九四二）年五月、北部大興安嶺探検隊に参加。隊長今西錦司。その支隊（支隊長川喜田二郎）の一員として脊梁山脈ぞいの白色地帯の突破に成功。七月帰国。

今西錦司に率いられたこの二つの探検は、戦後になって正式の報告書が刊行され、さらに版をかさねている。

昭和一八（一九四三）年、「この年の春、徴兵検査の結果、第一乙種合格。現役兵として徴集を受け、兵庫県加東郡河合村（加古川市外）にある中部第四九部隊に戦車兵として入営を命じられた。その後、八月一〇日づけの徴集延期証書をうけとった。それによると、『兵役法第四一条により徴集を延期す』とある。また現役兵証書は、入営期日が『昭和一九年四月一九日午前九時』とあるのを、『昭和二〇年一〇月(日時は追って示す)』と訂正されたものがおくられてきた。またそれには『省令第七一号該当者』としるされている。この入営延期の措置は、この年にあらたにもうけられた大学院特別研究生の制度により、その第一期生にえらばれたことによるものである。これによって、大学院において勉学をつづけ、講師なみの額の給与を支給されることになった。」(『梅棹忠夫著作集』別巻 一九九四年 『年譜 総索引』)

九月、京都大学理学部卒業。卒業論文は「黒竜江上流の魚類群集」。

一〇月、理学部大学院に入学、特別研究生となる。動物学教室第二講座に所属し、宮地伝三郎教授の指導を受け、動物生態学を専攻。秋、京都大学学士山岳会に入会。

昭和一九(一九四四)年一月、今西錦司夫妻の媒酌で田中淳子と結婚。いとこ同士であった。五月、今西錦司、藤枝晃とともに中国大陸にわたり、「蒙古自治邦政府所在地の張家口市にあった財団法人蒙古善隣協会西北研究所に到着。その嘱託となる。」(同右)。六月、チャハルの粛親王府牧場に一カ月滞在。七月中旬、妻淳子が張家口に到着。

昭和二〇(一九四五)年八月八日、ソ連が対日参戦。その日、蒙疆博物学会の発起人会を開いて、外に出てソ連の参戦を知る。「張家口は突如として戦争の最前線となった。ソ連・外モンゴルの連合軍は国境を突破して、張家口をめざして進撃をはじめた。ソ連軍がはいってくれば、悲惨なことがおこるであろう。もはや学会どころではなかった。わたしたちは籠城の準備にとりかかった。」「まったくひどいことだが、終戦後に張家口は戦場となった。ソ連機が低空でやってきて、市内の各所に爆撃と銃撃をくわえた。これで西北研究所につとめていたボーイがひとり死んだ。」「大本営の命令では全日本軍は降伏して武装解除せよということであったが、駐蒙軍司令部の判断で大本営の命令にそむいて戦闘はつづけられた。張家口北方の丸一陣地で、駐蒙軍がソ連・外モンゴル軍の進撃を二日間くいとめる。そのあいだに全居留民の総引きあげを決行しようということになったのである。」（『行為と妄想——わたしの履歴書』より）

八月二一日、無蓋貨車にて張家口を脱出。二三日、天津着。日本租界の避難民収容所に入所。一二月、北京に移動。重要物資管理組合理事長の斉藤茂一郎氏の邸宅の一室に今西錦司氏とともに寄留。

昭和二一（一九四六）年二月、妻淳子は藤枝晃氏と同行して帰国。五月上旬、北京在留日本人帰国者とともに塘沽に集結。アメリカ軍上陸用舟艇により帰国、佐世保に上陸し帰洛。五月一五日、京都帝国大学理学部動物学教室に復帰。大学院に再入学。

戦後の活躍

二人の終戦までのあしどりをたどってみた。二人とも、大阪と京都の中産階層の生まれで、それぞれ商家の背景がある。薬局と履物店。それぞれの町の市民だった。司馬は母親の故郷をなつかしんでいるが、梅棹はそういう〝故郷〟感覚はない。むしろ、お祖母さん子であったことが特長だろうか。司馬は小学四年生で、学校離れをして、以後は図書館での読書が中心になる。二人とも、山歩きを早くからはじめているのも共通点である。

梅棹は小学校五年生で府立一中に入学する秀才であり、さらにその中学も四年修了で三高に進む。つまり典型的な秀才コースであったが、三高時代には登山に熱中して留年を繰り返して、五年間を過ごしてしまう。司馬も成績優等賞をもらっているが、高校受験に失敗、大阪外語の蒙古語科に入学して、学徒動員で戦車兵となり大陸の経験をへて敗戦をむかえている。梅棹は大学院特別研究生という資格で入営をまぬがれ、今西錦司について蒙古の西北研究所に入り、敗戦で大脱出を経験している。

いわばこれは両氏の前史であって、その後の半世紀にわたる大活躍のことは、あらためて述べるまでもない。司馬は二二歳で栃木県で敗戦をむかえ、梅棹は二五歳で蒙古で敗戦に遭遇して一年後に帰国している。二人がともに戦争中ながら大陸を経験していること、中学時代から山歩きが好きだったこと、昭和一八（一九四三）年、学徒動員で戦車兵になった司馬と同じ部隊に、同じ年の春に梅棹も入営が決まっていたことも、おもしろい暗合である。もっとも梅棹は特研生として入営延期になった。

司馬は京都・大阪の新聞記者生活から、『近代説話』という同人誌を発刊して、ペンネームを司馬遼太郎としたのが昭和三一年の三三歳のことである。中外新聞に連載した「梟のいる都城」（のち『梟の城』と改題）で直木賞受賞が昭和三五年、三七歳。『竜馬がゆく』が三九歳〜四三歳。『国盗り物語』四〇歳〜四三歳。『坂の上の雲』が四五歳〜四八歳。とつぎつぎに長編を執筆をつづけた。そして『竜馬がゆく』と『国盗り物語』で菊池寛賞、『殉死』で毎日芸術賞、『世に棲む日日』で吉川英治文学賞、『空海の風景』で芸術院恩賜賞、『ひとびとの跫音』で読売文学賞、〝歴史小説の革新〟で朝日賞、『街道をゆく　南蛮のみちI』で新潮日本文学大賞学芸部門賞、『ロシアについて』で二度目の読売文学賞、『韃靼疾風録』で大佛次郎賞と、たくさんの賞をとっている。最後は文化勲章。

松本健一氏は、司馬の文学的遍歴を、伝奇ロマン（一九五〇年代）、歴史を舞台にしたヒーロー小説（六〇年代）、歴史小説（六〇年代末から七〇年代）、そして文明批評（八〇年代以降）の四期にわけていて、「日本の大衆のエートス（心性）のおおよその移行と見合った作家活動になっている」という。（『司馬遼太郎――歴史は文学の華なり、と。』、小沢書店、一九九六年）

感嘆するのは、その文章のおもしろさである。今度この文章を書くために全集をひっくり返しているうちに、初期の「伝奇ロマン」にあたる『上方武士道《ぜえろく》』（のちに『花咲ける上方武士道』と改題）を読みだし、結局最後まで、新幹線の往復や通勤電車の中であらためて読んでしまった。大衆作家の貫禄。

それに対して梅棹の著述活動は、全二二巻別巻一におよぶ「梅棹忠夫著作集」に集約されている。そのテーマは「探検の時代」にはじまり、「モンゴル研究」「生態学研究」「中洋の国ぐに」「比較文明学研究」「アジアを見る目」「日本研究」「アフリカ研究」「女性と文明」「民族学の世界」「知の技術」「人生と学問」「地球時代に生きる」「情報と文明」「民族学と博物館」「山と旅」「京都文化論」「日本語と文明」「日本文化研究」「世界体験」「都市と文化開発」「研究と経営」そして「年譜　総索引」。この広範な表題から、その関心のひろさがうかがえる。

ジャーナリスティックには、『モゴール族探検記』『知的生産の技術』などのベストセラーがあり、『日本探検』というルポルタージュ、あるいは岩波写真文庫にも担当した何冊かがある。しかし、『文明の生態史観』と『情報産業論』は、論壇に画期的な影響をあたえた。前者は「文明の生態史観序説」という論文が『中央公論』の一九五七年二月号に掲載されたことによって、大きく話題となったもの、後者は、はじめ朝日放送の広報誌『放送朝日』に発表されてすぐに『中央公論』の一九六三年三月号に転載されたもので、情報化社会を先取りした論文として注目を集めた。のちに『情報の文明学』という論文集になった。「文明の生態史観」が、敗戦・占領によって意気消沈している日本人を鼓舞したことはよく知られている。

さきにあげた松本健一の『司馬遼太郎』には、塩野七生の司馬評が紹介されていて、司馬は「高度成長期の日本を体現した作家」と明快にいいきっているという。そして司馬遼太郎が唾棄したバブル経済について、塩野は「バブルだって、遠くから見れば、青空に白く美しく浮かんだ、坂の上の雲だった」と指摘していることにふれて、司馬の死が高度成長期日本が明確に終わったことの象徴だという。梅棹の「生態史観」も、古橋廣之進の水泳記録や湯川秀樹のノーベル物理学賞受賞などとともに、日本人の戦後の自信回復をうながし、高度成長期にいたる契機となったものといえよう。

梅棹の著作集の厖大な研究・執筆活動の背景には、その幅広い学界や中央地方の行政・社会文化への積極的な参加――コミットメントがある。館長をつとめた国立民族学博物館の創設と運営がその中心であるが、生態史観を生んだカラコラム・ヒンズークシ学術探検をはじめ、東南アジア学術調査、アフリカ学術調査、館長時代の中国各地やモンゴルへの旅など、フィールドワークも積みあげられている。一九七〇年の大阪万国博覧会のテーマの起草をはじめ、大平正芳内閣の田園都市国家構想研究会の座長、国語審議会委員など、積極的に社会的活動をすすめてきた。国立歴史民俗博物館や国際日本文化研究センターの創設にも積極的に貢献している。戦後の日本文化に果たした貢献は、あらためていうまでもない。それにしても、二人とも、普通の庶民が期待するような役人へのコースや、軍人へのコースを歩んでいないことは、大正デモクラシーと呼ばれた時代の反映もあるだろうが、やはりその背景に関西の都市性があるのかもしれない。役人や軍人を高く評価しない市民性というべきものであろう。それは関西に古くから継承されてきていた文化であり、二人はこの文化の継承者であるといえるだろう。

司馬の明治―昭和観

松本健一は「司馬遼太郎はバブル経済を憤るが、それを『抜け出す』ような指針は打ちだせなかった。作家としてそういう歴史物語は書けなかった。――そう、塩野七生は司馬遼太郎に引導を渡しているのである」と書いた。

亡くなる直前には、日本はもうダメになるという悲痛な声をみどり夫人に訴えていた。「司馬遼太郎はいつもいつも、この国の行く末を案じておりました」と、没後、夫人は新聞にメッセージを寄せている。

司馬は、吉田直哉ディレクターの慫慂によって平成元年（一九八九年）に「太郎の国の物語」をNHKから放映した。それに関連して『「明治」という国家』（NHK出版）が書き下ろされ、遺った。また、それに先行して昭和六一年（一九八六年）五月～六二年（八七年）二月に一二回放映されたNHK教育テレビの番組「雑談『昭和』への道」が、これも文章化されて『「昭和」という国家』（NHK出版）として遺った。この他にも、最後の小説『韃靼疾風録』（中央公論社）のあと、昭和六一年から平成八年（一九八六～一九九六年）まで書き続けてきた『この国のかたち』全六巻（文藝春秋）と、『風塵抄』二巻（中央公論社）が遺されている。

司馬の「明治」についての見方は、その晩年の一連の発言のなかから容易にうかがえるが、それは初期の伝奇ロマンから『竜馬がゆく』や『坂の上の雲』などの執筆の間に、司馬のなかでかたまったものであった。

『「明治」という国家』のなかで、司馬は明治の体制をつくった人々をその〝ファーザーズ〟とよぶ。そのなかには、坂本竜馬や勝海舟、西郷隆盛や大久保利通、あるいは福沢諭吉に加えて、幕府の小栗忠順、そして徳川慶喜までが含まれる。その人々の国造りにあたる気概と、それを受けとめた日本人が、明治の国家をつくり、廃藩置県をおこない、不平等条約を改正し、やがて帝国憲法をつくりあげる。その間に日清・日露の戦争があり、そのあたりからしだいに思い上がった日本人が誕生し、天皇の軍に対する統帥権がやがて三権分立の外にあるものとしてひとり歩きして、幻想共同体的な『「昭和」という国家』をつくりだしてしまう。というのが、司馬の「明治」観であった。それを具体的な事例を枚挙して、論証しようとしたのが、二冊の本にまとまった〝国家論〟であり、また『この国のかたち』であった。

最初の派米使節、小栗忠順と横須賀ドック、廃藩置県で没落した士族、江戸の無形遺産「多様性」、誕生当時の自由な気分（西園寺公望）、『自助論』の世界、東郷平八郎、勝海舟とカッテンディーケ、そして伊藤博文と帝国憲法、など豊富な話題をもとに「明治」がかたられる。

「以上、お話してきて、この話にどんな結論を申しのべるべきかに苦しんでいます。太古以来、日本は孤島にとじこもり、一九六八年の明治維新まで、世界の諸文明と異なる（となりの中国や韓国とさえもちがった）独自の文明をもちつづけてきて、明治期、にわかに世界の仲間に入ったのです。五里霧中でした。まったく手さぐりで近代化を遂げたのです。そのくるしみの姿を、二つの世界思潮——自由民権と立憲国家——の中でとらえてみたかったのです。」（『「明治」という国家』三〇三頁）

『竜馬がゆく』『最後の将軍』『燃えよ剣』『坂の上の雲』『花神』『俄―浪華遊侠伝』『歳月』『胡蝶の夢』『殉死』『翔ぶが如く』『ひとびとの跫音』など、明治維新から明治期全体を覆う素材をつぎつぎに作品にした司馬は、吉田直哉（NHK元ディレクター）の「卒業制作」に参加できるならば、改めて明治国家の成立を主題として語ることが義務であると思ったと書いている。「明治は、リアリズムの時代でした。それも、透きとおった、格調の高い精神でささえられたリアリズムでした。」それにくらべて敗戦までの「昭和」にはリアリズムがなかった、左右のイデオロギー、〝正義の体系〟に支配されていた、という。『「昭和」という国家』では、

「日本という国の森に、大正末年、昭和元年ぐらいから敗戦まで、魔法使いが杖をポンとたたいたのではないでしょうか。その森全体を魔法の森にしてしまった。発想された政策、戦略、あるいは国内の締めつけ、これらは全部変な、いびつなものでした。……魔法の森からノモンハンが現れ、中国侵略も現れ、太平洋戦争も現れた。」（五頁）

たいへんな内憂外患のどさくさがあり、結果として開国して、国際社会の一員になった日本が、近代国家としての国民形成《ネーションビルディング》を達成して国民国家《ネーションステート》になろうとした。明治の人々は「御一新」によって、自由、民権を獲得したかに見えたが、その結果が朝鮮半島から中国大陸への侵略、さらに東南アジア、オセアニアまで、帝国主義的な路線をつっぱしり、最後が敗戦にいたる。その芽は日露戦争の勝利にあったと見る。尊皇攘夷はかけ声のようなものだと、良くわかっていた維新の〝ファーザーズ〟たちが「多く死

んでしまうのが明治四〇年（一九〇七）ごろでした」（『「昭和」という国家』一四頁）という。

「そこから試験制度の官僚が国の前面に出てくるわけです。ペーパーテストで陸軍大将にもなれるし、総理大臣にもなれる。そういうことで出てきた人たちが、昭和期になって明治のひからびた思想を利用した。明治人はそれがみな、ひからびた思想だということを知っていたと思うのです。そのひからびた尊皇攘夷を持ち込み、統帥権という変な憲法解釈の上にのっけたのではないかと。それが「魔法の森」なのではないかと思います。」（『「昭和」という国家』一四頁）

「私は日露戦争について、私なりに正確を期して調べたのですが、どう考えても、この戦争は祖国防衛戦争だったという感じを持つようになりました。明治政府の軍備の思想は、それなりに機能したと思っています。

しかしながら不幸なことに、勝ってからの日本そのものが帝国主義的な国に変わっていきました。戦争というものは負けても悲惨ですが、勝ってもその国を時に変質させることになるという、最も悪いほうの例に日本はなってしまいました。」（同右九九頁）

古い戦術のまま、日露戦争当時の貧弱な武器をもって、「誇大妄想のような野望を世界に向かって展開した。」（同右一〇四頁）のであった。

「この程度の陸軍だということをきちんと合理的に、きちんと厳粛に考えれば、けっして国を滅ぼすまい。この程度の軍備で、いわゆる一九世紀的な帝国主義を、二〇世紀にやろうとどうして思えたのか。粛然とした自己認識、これだけが国家を運営する唯一の良心であり、唯一の精神なのです。しかし、

そういうものは皆目なかった。」（同右一一七頁）
その舌鋒はするどく、きびしい。
「たれが悪いということを言えない昭和史のいらだち、昭和元年から二〇年までの歴史を見るときの、えもいわれぬいらだちの一つは、そこにあります。」（同右一二〇頁）
司馬遼太郎にとって、日本は愛すべき祖国であり、それは明治維新に先立つ外国からの圧力による開国と、国内の尊皇攘夷の動きの中から、明治維新をやり、近代化を実現したことに、誇りをもっている。それを『竜馬がゆく』など一連の作品で描き、『坂の上の雲』でひとつの達成をしめした。しかし、帝国憲法の三権分立からはみだした天皇の統帥権という「鬼胎」が、日露戦争のころからしだいに肥大し、昭和初年からは独走をはじめて結局戦災による大破壊と敗戦を招いた。昭和史の「いらだち」、書けなかったノモンハン事件のこと、陸軍大学卒に聾断された軍閥を批判し、『「昭和」という国家』では「秀才信仰と骨董兵器」の章からもうかがえるように、技術の遅れを精神力で克服しようという狂信的な軍部の独裁者のない独裁体制を経過したとする。そして「日本の明治時代というのはいろいろな欠点を持ちつつも、やはりすばらしかった」と言う。そして、明治時代をつくりあげたのは江戸時代であり、江戸時代の多様性が、明治という一本の川になってあらわれたのだとみている。そのことはまた『「明治」という国家』のなかでも、「江戸日本の無形遺産〝多様性〟」という章になっている。

梅棹の明治—昭和観

梅棹は一九八六年三月一二日朝、とつぜん視力を喪失した。ウイルスによる球後視神経炎と診断された。入院もしたが、回復せず、失明状態がつづいている。もっとも失明後にも『日本とは何か』（NHKブックス、日本放送出版協会）を皮切りに、あいついで出版活動をつづけ、周囲の人々の応援もあって、『梅棹忠夫著作集』（中央公論社）を完成するにいたる。塙保己一《はなわほきいち》の『群書類従』という先例があるが、この意志の強さは驚嘆にあたいする。著作集ののちも、有能な秘書諸氏の介助もあって、つぎつぎに文章を書き、『夜はまだあけぬか』（講談社）という闘病記録と、その後の生活をつづった『千里ぐらし』（講談社）が刊行された。また、この文章の資料にした『行為と妄想——わたしの履歴書』も日本経済新聞の連載後にまとめられた。

その精神力、生命力にはおどろかされる。

視力を失ってからの梅棹は、講演はしなくなった。それまでは完全原稿をもって講演にのぞむという完全主義者だったから、それができなくなったことは苦しいことだったと思う。その後、学会などのメインイベントとしての梅棹の登場は、もっぱら対談の形式で、聞き役をえらび、それを相手にして自分の意見を述べるようになった。私も比較文明学会の創立一〇周年記念大会（国際日本文化研究センター）など、何度か聞き役をした。

そのひとつに、京都大学法学部教授の河上倫逸との対談「東アジア世界の民族とイエ」がある。これは河上らが組織した比較法史学会の第八回研究大会（一九九八年五月、京都産業大学で開催）でおこなわれた、「問題提起」のための対談である。その大会の統一テーマは、「複雑系としてのイエ」であり、それに沿った研究報告がおこなわれ、その成果が、この学会の機関誌である『比較法史研究――思想・制度・社会』に収められている。梅棹・河上の対談もそこで活字になった。この対談は、梅棹の近年の思想が要領よくまとめられているので、その内容を中心にして、梅棹の明治――昭和観を見ておくことにする。

梅棹は明治維新を明治革命とよぶ。

「明治維新という言葉について、なぜ、明治革命と言わないのか。明治維新は明らかに市民革命でございます。それをわざわざ維新という訳のわからない言葉に言いかえたのは、明治政府でございます。民衆は、維新という聞き慣れないことばを使わないで、だいたい新しくなったことを『御一新』と言っていました。これは、要するに天皇制を廃止しなかった、天皇を死刑にしなかったということで、革命ではないと考えたのだろうと思います。しかし、これは社会制度を全面的に改編した、市民革命でございます。世界の中でも典型的な市民革命でございます。いわゆる civil war でございます。

最近わたしども、国立民族学博物館に、英国議会資料という大部の資料が寄贈されました。総冊数一万三〇〇〇冊、重量にして三〇トンという大変な資料です。これはイギリス人の世界各国に散らばっている領事からのイギリス議会あての報告書を集大成したものです。一八〇一年から最近のものまで全部そろっています。その中に、明治維新の頃の詳細な報告書もあるのですが、明らかにこれは日本の civil war であると書かれています。イギリス人がみてもこれは明らかに市民革命がおこったのだということです。それを日本では明治維新という言葉で言い表してきたのですが、私はこれは典型的な市民革命であったと思っています。」

ついで、世界の革命に言及される。すこし長くなるが、引用をつづける。

「世界の革命の歴史のことを申しますと、最初に市民革命が起こったのはアメリカでございます。アメリカ独立戦争、これは明らかに市民革命です。イギリス軍を押しのけてアメリカ独立宣言をした。この思想がヨーロッパ大陸に飛び火しまして、フランス革命に実を結ぶわけです。このフランス革命があちこち、影響を及ぼしました。これは、明らかに世界における市民革命の第一波と私は確信しております。第一波は、大変いろいろトラブルもあり、ぎくしゃくいたしましたが、曲がりなりに近代社会を開いていきました。フランス革命はその直後、ナポレオンという不思議なものが現れまして、帝政にもどったりしますが、こういった革命は、市民革命の第一波です。その次にくるのが、五〇年ほど遅れますが、日本です。日本の明治革命というのは、この第二波です。その後、続いて、数年後にイタリアの『リッソールジメント』、イタリア統一があるのです。これはイタリアの市民革命で新しくイタリア国家が誕生するのです。さらに、翌年ドイツ連邦が成立し、プロイセンを中心とするドイツ国家が成立します。この日本、イタリア、ドイツが革命第二波で、大成功を収めます。それを目指した開発途上国が、第二波に追いつくために第三波市民革命を起こします。これはだいぶ遅れます。一九一〇年頃に続いて起こります。第一にのろしを上げるのが、オスマン・トルコにおける青年トルコ党の革命運動で、ケマル＝アタチュルクをリーダーとする革命です。これで、オスマン帝国がひっくり返る。それに続きまして、辛亥革命、中国の革命です。中国で清朝がひっくり返る。次いで、ロシアで革命が起こる。オスマン・トルコ、青年トルコ党にはじまる後進諸国の革命は第三波であろうと私は考えています。第三波は第二波の日本、ドイツ、イタリアの成功にどうして早く追いつくかという、追いつき作戦だったのです。それが第三波として流れていった。これで、だいたい世界の現代的秩序というのはできあがったのです。」

河上倫逸はたずねる。「世界秩序、近代秩序での関わりで明治政府の在り方をお話いただきましたが、明治政府、というよりは、明治革命は国民国家を目指したはずだということになっておりますが、実際には明治政権は全く反対のことをしたという議論もありますけれど、そのあたりのことは如何でしょう。」

「大変不思議なことでありまして、明治政府は、明らかな市民革命をやり、目指すところ、国民国家、『Nation State』であったはずなのですが、できあがってみたらたちまちのうちに明治政府は帝国化する。国民国家と反対のあり方です。帝国というのは、領土拡張主義と、異民族支配ということです。たちまちこれをやります。明治政府というのは、奇怪な政府です。市民革命をやりながら、帝国に変貌したのです。これはちょっとよくわかりません。たとえば明治維新直後に征韓論という奇怪なる議論があらわれてくる。これは明らかな帝国です。異民族を征伐する、韓国を討つという、そういう奇怪な思想が現れてきます。そしてこれがずっとあとを引き、これが、日清、日露にまでつながっていく。このように明治政府というのは国民国家を標榜して、たちまちにして帝国になった。

その当時、帝国はいくつもあります。オスマン帝国もありました。イギリス帝国、フランスも帝国、オーストリア＝ハンガリー帝国、これは中央ヨーロッパにおける巨大帝国です。そういうものと同じように、日本も帝国になっていく。イタリアもドイツもみなそうなのですが、国民国家のような顔をしながら、みな帝国になっていくのです。ドイツもいっぱい海外植民地をつくっていきます。イタリアもアフリカのエチオピアあたりに勢力を植え付けて、大きな帝国になっていきました。日本の場合も、明治時代というのも一面、市民革命として国内では近代国民国家のような顔をしながら、外に対してはものすごい帝国主義国家になっていくのです。

これが一応精算されるのが、第二次世界大戦の時です。これで、だいたい、諸帝国は一掃された。第一次世界大戦ではすでにオーストリア＝ハンガリー帝国が解体します。そういう意味で、二〇世紀は、帝国解体の世紀であったと私は見ています。一九世紀に帝国がずーっとそろって、二〇世紀に入ってからそれが解体し、だいたい、イギリス、大英帝国がバラバラになります。少なくとも今、昔の面影はありません。フランスもとても昔のようなものではありません。そのほか、ドイツもだめ、大日本帝国も解体しました。二〇世紀はその意味で帝国解体の世紀だったと思うのですが、しかし、ここで、今日の話題である、東アジアにおいては、巨大帝国がのこっています。それはつまりは中華人民共和国という名の帝国でございます。これは明らかな大きな領土支配と異民族支配をもっておりますから、これは帝国であります。最後に解体を免れています。もう一つありました。それはソ連であります。これは一応解体いたしました。しかし、なお、ロシア帝国は残っています。これはいずれもう一回解体の時期を迎えるであろうと思っています。

ロシア帝国、これは一七、八世紀以来の大帝国です。中華帝国とロシア帝国、この二大帝国は、二〇世紀後半までもちこしたんです。これをどう始末するかというのが、人類史における二一世紀の課題です。これはおおごとですよ。帝国というのはしたたかなもので、なかなかつぶれません。ようやくここまで人類は英知をふりしぼって帝国という巨大な怪物を始末してきたのです。」

河上「明治政府があらわしていた、内に対しては国民国家でありながら、帝国化していった日本の近代の運命ですが、西郷隆盛も福沢諭吉も内に向かっては近代主義の顔を持ちながら、外に向かっては国際的にはかなり帝国主義的な議論をしている。」

梅棹「明治政府は、わたしはある意味で反動政府であったと思うのです。せっかく、江戸幕府という、幕藩体制という、古典的な体制をぶちこわしておきながら、実際にそれを乗っ取ったといいますか、新しく作った政府はかなりの程度に反動的なものがあった。」

河上「明治政府のつくった諸制度の中には、きわめて非日本的なものがある。たとえば家族制度などというものは、非常に非日本的なものではないかと思うのですが。」

テーマが「複雑系としてのイエ」なので、質問者が誘導する。

その返答に、「サムライゼーション」が登場する。

「戦前は、日本はずっと家族制度できたと言われてきましたが、これは真っ赤の嘘でございます。日本の民衆はそのようなものは持ってはいませんでした。明治政府は革命政府でありながら、侍の政府で、結局中心は市民革命と言いながら、それを担ったのは、市民層とはちょっと言えない。やはり旧武家なのです。ですから、この武家の思想が色濃くのこっていまして、わたしどもはこれを明治における『サムライゼーション』と言っています。これはわたしたち人類学者の暗号のようなものです。これは明治以後にサムライ化が起こり、日本社会全体がサムライ化したと考えます。今の家族制度がそうですが、家族制度という名で作られた日本の家族的秩序というのは『サムライゼーション』の結果であって、それは武家法です。武家家族を模範にしている。

みなさんよくご存じだと思いますが、明治の初期に、外国人を雇って、いろいろ法改正の準備をしています。その時に、フランス人の民法学者を雇ってくるのです。ボアソナード・ドゥ・フォンタラビーという人を雇ってきて、民法をつくらせますが、非常に近代的な草案ができるのです。そこで、猛烈な論争が起こります。穂積八束が反対意見を述べて、『民法出でて忠孝滅ぶ』という。これ、有名な言葉ですが、日本の伝統的な、忠義孝行という倫理に悖《もと》るものだ、ということで、こういうけしからん民法は、採用できないと葬り去って、『ボアソナード民法』というものは闇に葬られます。それでできたのが、今の家族制度というものです。『家族制度』というのはやっぱり、武家の家族制度を模範に組み立てたもので、古来の日本の土俗的、あるいは民衆の持っていた家族制度とはかなり違います。」

河上「先生は家族制度とおっしゃる時に、『血縁を中心にした家族』というイメージを『イエ』というものを区別してお使いになっているように思いますが……。」

「はい、イエは昔からあります。日本のイエというのは、そういう血縁社会とは違うのです。日本ではいくらでも婿養子をとります。養子嫁というケースもいくらでもあります。別に血縁でなくてもちっともかまわないのです。のちの家族制度では婿養子も認めていますが、血縁中心の、しかも父系親族社会です。これは日本の社会とは違います。社会人類学から言いますと、日本社会は明らかに双系社会です。けっして父系、男系社会ではありません。父方の系統と母方の系統がほぼ対等の力を及ぼすという、我々はこれを双系社会と呼びます。そういうものです。しかし、明治以降に行われた家族制度というのは、明らかに父系一辺倒の社会であります。」

ここで東アジアの父系親族集団に話が及び、中国、韓国がそれであること、韓国に養子はないこと、結婚後も妻が元の姓を名乗っている、つまり父系集団に入れないことが指摘され、日本は中国的人倫の学がぎりぎり及んだところで、その影響下につくられたのが明治の家族制度、あるいは「サムライゼーション」はその残滓であるとする。武家の中国的教養が反映したものだというのである。

そして梅棹は、イエは血縁を中心としたゲゼルシャフトであり、藩もまたイエであったとする。その経営パターンが株式会社の原形になったといい、近代社会だった都市の民主主義を明治政府は圧殺したとし、それはドイツやフランスにも認められるという。現行の皇室典範についてのコメントもあるが、それは略す。

「やはり、日本社会制度のエッセンスは江戸時代にあるんです。そこに（いまや）じりじりと戻りつつある。明治政府というようなものは近代主義の名のもとにかなりのいんちきをやっている。それのマイナス遺産というものはずいぶんわたしどもの肩にふりかかっているのではないかと、思うんです。最近、現在の置かれている状況は明治以後の制度疲労だという言い方がでてきております。わたしはそうだと思います。戦後かなり元に戻した。にもかかわらず、まだ、たくさんの明治の負の遺産が残っているんです。これが制度疲労を起こしているんです。」

そして制度疲労の好例が教育制度である、と梅棹は指摘し、一九世紀初頭の日本の識字率の高さを例にあげている。ついで、二一世紀は国民国家の解体の時代である、という意見について、

「どうでしょうね、国民国家というのはそもそも本当にいくつ成立したんか、あやしい。みな、帝国

を目指して膨張したわけです。そして、だいたい、失敗しました。国民国家はありますけれど、これはやはり、国民国家というもの自体が内部に、矛盾をいっぱい抱えているんです。第一、単一民族の国民国家はあまりないんです。」

多民族国家の分裂の例としてチェコとスロバキアの例があがる。

「今後、EUのような一つの大同団結のような動きもありますが、同時に分解していく要素もたくさんあります。わたしは日本もそうあると思っています。日本も分割、分裂の兆しがないわけではない。わたしは、わけてしもたほうが良いと思っています。」

として、日本を東西に東国家、大和国家の連邦制にすること、さらに二百数十に分割して United Hans of Japan でもよいという（Han は藩である）。中国もインドネシアもタイも自治体は官選首長であって、日本だけが違う。自治体の交流などはあり得ない。日本は東アジアとまったく違う道をたどってきた国である。

「最近は、アジアの一国、というようなことがしきりに言われますが、わたしはそんなことはまったく信用できないと考えております。だいたいね、みなさん、アジアということについて、日本がどこかの国から『あなたの国はアジアに入りたいかどうか』というような打診をうけたことがありますか。一回もない。勝手にだれかがきめとんのです。それはまあ、近くお隣の中国からいろいろ影響は受けております。しかし別に中国と同盟したわけでなし、東アジアといいますが、わたしは、日本はどうもアジアではないと考えております。少なくとも積極的に、アジアに属するという必然性はどこにもないと。」

むしろ古代には中国の影響があったが、中世一二世紀末以来、日本は別の道を歩んできた。「今後日本と近隣諸国との関係はどうなっていくか、これは非常に難しいところでございます。わたしはちょっと予断を許さないというように見ております。」しかし「アジア的連帯」はありえない。「大陸には手を出すな」というのが持論。白村江《はくすきのえ》の敗戦から、秀吉の朝鮮出兵、明治以後の大陸経営、すべて失敗している。逆に同経度連合で西太平洋国家連合なら将来性がありうる。「今後は日本・オーストラリア連合というものが二一世紀に非常に大きい意味をもってくるんじゃないかとわたしは考えております。」

二人の違い

司馬遼太郎と梅棹忠夫の明治観とその後の日本についての意見を検討してみた。

その生い立ちにおいて、町人ないし町衆の系譜を引く社会経済的な背景の共通性、同時代性、そしてともに日本の復興から高度経済成長時代に主な活躍舞台を得たことなど、多くの共通点があるにもかかわらず、その視点にはいくつかの特徴的な差がある。

ひとつは、明治維新（梅棹は明治革命という）の評価に微妙な差があることだろう。司馬のとりあげた明治時代の立役者たちは、もっぱら武士ないしその系譜をひくひとびとであった。梅棹はサムライゼーションという言葉によって、この武士階級の伝統が明治時代にある一定の方向を与えたことの功罪に着目する。市民革命としての明治革命が、どこかで間違って帝国主義への道をすすんでしまったことは、明治民法が父系の系譜を重んじた家督制度や長子相続制などによる家族制度によって、武士のサブ・カルチュアをナショナル・カルチュアにしてしまったことと、どこか関連しているとみる。自分の失明の危機にあたっても、冷静に客観的にそれを観察し記述する『まだ夜はあけぬか』にうかがえる科学者の認識態度を、梅棹は歴史についてもとっているといえるだろう。

それに対して司馬はその熱い詩人的感情が、「裸眼」で見るすばらしい直観をときに曇らせている。それは司馬の長所であり、それによって大衆のこころに訴える力を具えているのであるが、ともすれば本人の意図することがらと異なるような誤解を生んでしまいかねない、あやうさをもってしまうのである。『坂の上の雲』は、「下手に英訳すると、これはナショナリストだというふうに、そういう構えで読まれる恐れがある。」（河合隼雄の山折哲雄、芳賀徹との鼎談の発言、平成八年九月『中央公論臨時増刊 司馬遼太郎の跫音』）という危険をともなっている。司馬の意図しないところで、その言説が利用されかねないのである。

それは、金大中現韓国大統領の助命を鈴木善幸首相、伊東正義外相に嘆願書を提出したり、台湾の李登輝前総統と対談をしたりという政治的行動にも、また土地騰貴の状況を憂い、松下幸之助、野坂昭如らを対談者に選んで自ら編んだ『土地と日本人』の出版にもうかがえる。その土地公有論は、いまも生命をもっているといえよう。

もうひとつの差は、アジアについての姿勢である。二人とも大陸の経験があり、それぞれの思い入れがある。戦後ももと滞在した地方を再訪するなど、センチメンタル・ジャーニーをしているし、司馬には『草原の記』（新潮社）という青年時代に夢に見た遊牧民の土地を舞台にした作品もある。そして二人とも、アジアについては愛憎あいなかばする、アンビバレントな感情を抱いている。梅棹の場合は、「文明の生態史観」いらい、一貫して日本と大陸とはことなった歴史的発展をたどっているという立場をとり、大陸への帝国主義的侵略の経験から、アジアの一員という視点をとらない。司馬の場合は、大陸への熱い思い入れがあって、一時は毛沢東の文化大革命にも肯定的であったが、のちに金達寿への私信で「中国については、夢なし。」(『アジアへの手紙』、集英社)と書くにいたる。このゆれはそのアジアについてのアンビバレントな感情のあらわれであろう。

一九九六年春、私は放送大学の教材として『比較文明の社会学』を、聖心女子大学の吉澤五郎とともに制作したとき、梅棹の「生態史観」をその一回としてとりあげた。たまたま、司馬遼太郎の死去のあと「送る会」があった直後だったので、話題が司馬におよんで、司馬が日本の行く末を憂い、最近の日本人はアジア人化している、となげいていたということに触れた。梅棹はまったく同感であるといった。誤解をさけるために、私は「アジア人化というのは、中国人のなかにかつてあった〝植民地根性〟のようなものを指しています」と注釈をつけた。日本人が日本人としての誇りを喪失している、という共通の認識であった。

司馬遼太郎も梅棹忠夫も、ともに近代日本を生きてきて、日本人であることに強いアイデンティティをもっている。たとえば、梅棹は国立民族学博物館の展示の説明に、外国語の使用を頑固に拒否し、ローマ字表記において日本式に固執して、たとえばアフリカをＡＨＵＲＩＫＡと表記することにして、同僚にとまどいをあたえた。これは梅棹の言語学的な確信によっているが、また日本人としてのアイデンティティを示すものといえよう。

二人はそれぞれ、強烈な個性にうらづけられたすぐれた業績をのこされた。本書の対談は、その両者の対話をあつめたものである。そこから何を読み取るかは、読者にまかされている。

コメント2　知の饗宴　松原正毅

であい

梅棹忠夫と司馬遼太郎がはじめて顔あわせをしたのは、一九六九年一〇月であった。共同通信の企画による共同討議「日本　変革と情報の時代」へのゲストとして、司馬が参加したときのことである。この共同討議は、梅棹と林屋辰三郎、山崎正和をレギュラーメンバーとし、毎回一人のゲストをくわえながら進行した。紙面に記事の掲載が開始されたのは、一九六九年一二月であった。その後、この共同討議は一年間つづく。司馬をこの場に直接ひきいれたのは、林屋であったようだ。

共同通信によって全国の各紙に配信された記事は、一九七一年一二月『変革と情報　日本史のしくみ』というタイトルで中央公論社から単行本として刊行された。この本のあとがきで、梅棹はつぎのような言葉をしるしている。

「司馬遼太郎氏はひともしる歴史小説の大家であるが、その知識のひろさと話のおもしろさに毎回舌をまいた(1)」

さらに、のちに梅棹は、司馬についてつぎのような証言をしている。

「……最初からこれはエライ人やなと思いました。言うことが非常にピシッピシッとツボを押さえているというか、話がおもしろい。事実を実によく知っている」(2)

共同通信の共同討議でのであいをきっかけに、梅棹と司馬との親交はふかまってゆく。共同通信の共同討議にひきつづき、一九六九年一〇月から一一月にかけて対談や座談会で二度ふたりは顔をあわせている。ひとつは「日本は無思想時代の先兵」(『文藝春秋』一九七〇年一月号)、もうひとつは「創造への地熱」(『朝日新聞』一九七〇年一月三日)である。

一九七二年に発足した大阪文化振興会での顔あわせやさまざまな会合でも、ふたりの同席する機会が増加していった。個人的な接触の場もふえている。

梅棹自身によるつぎのような証言がある。一九七〇年か一九七一年のことのようだ。

「……いっぺんおかしいことありましたよ。私がこの民博を作る工作をいろいろやっていたときです。宮沢喜一さん(当時は通産大臣)と木村俊夫さん(当時は官房副長官)と私とで大阪のミナミの料亭で飲んでいたんですよ。そうしたら宮沢さんが司馬遼太郎を呼ぼうじゃないかと言って、私が電話をかける役になったんです」

「『こういうところで飲んでるんやけど来やへんか』と誘ったら、『行く行く』と言うて彼来たんですよ。私たち三人が一緒に飲んでるということ知らへんのやな。そして彼来てね、びっくりして『何やこれは』……」(3)

とうぜん共同討議でのであい以前に、ふたりがそれぞれの存在を意識していたことはたしかである。

梅棹は、一九六七年夏にバスク地方をふくんだヨーロッパ調査にでかけるまえ、知人から司馬の著書

『理心流異聞』（講談社、一九六七年三月）という短篇集をおくられている。この短篇集のなかに、バスク人の剣客の話をあつかった「奇妙な剣客」という作品がおさめられていたからだ。この作品では、バスク人と日本人がおどろくほどよく似ているといううわさをたしかめるため、一五六一年に九州平戸にやってきたバスク人の剣客の話があつかわれている。バスク人の剣客は、上陸後まもなく平戸で些細なトラブルにまきこまれ、一刀のもとに切りころされてしまった。

司馬の作品「奇妙な剣客」を手にするまえから、梅棹は司馬の存在をしっていた。梅棹自身の証言によると、みずからが読んだ最初の司馬作品は『上方武士道』（中央公論社、一九六〇年一一月）であったという。この作品が『週刊コウロン』に連載されていたとき、梅棹は読んだようだ。上方の武士という意表をつく内容であったので、梅棹の記憶のなかにふかくきざみこまれた。

司馬も、とうぜんながら作品を通じて梅棹の存在をしっていたはずである。司馬と梅棹が直接的な面識をうるまえには、ふたりの接点の役をはたしていたのは、作家富士正晴であった。富士は、はやくから京都大学人文科学研究所にいた仏文学者桑原武夫と交流をもっていた。その関係もあって一九六〇年代中ころから、富士は京都大学人文科学研究所の梅棹研究室にもよくたちよっている。桑原と司馬とのあいだに個人的な交流がはじまったのは、一九六四年からである。両氏の最初のであいは、ＮＨＫの大阪放送局であった(4)。

いずれにしても、関西においては作家や芸術家と学者が一同にいりまじる機会はおおいといえる。梅棹と司馬のであいは、共同通信の共同討議の場がなくても、おそかれはやかれ現実化していたといってもよいだろう。ふたりは、であうべくしてであったのである。

時代のなかで

梅棹も司馬も、ある意味で時代の子であったといえる。時代の子であったというのは、同時代的に生きたというだけでなく、その思索の成果や作品がひろく社会にむかえいれられたことを意味する。作品の社会へのうけいれの傾向は、発表時よりも年月をへるごとに増大しているようにみえる。司馬の場合、その没後（一九九六年二月一二日没）もおびただしい数の追悼集や遺稿集、全集の続巻などがあまれつづけていることからも、それは明白といってよい。ひとりの作家の没後の現象としては、空前絶後のことである。

月刊誌『文藝春秋』編集部が政界、官界、財界、文化人などを対象としておこなった「二十世紀図書館」というアンケートの結果が、同誌の一九九八年八月号に掲載されている。二〇世紀に書かれた本のなかから、各人が「心に残る本、後世に残したい本」などを国内・海外一〇冊ずつ列記する企画である。総計一七〇通の回答を集積した結果が、次頁の表一のようになっている。

第一位は司馬の『坂の上の雲』、第四位が梅棹の『文明の生態史観』であった。第一〇位までの作品のなかで、一九九〇年代まで存命であった著者は司馬、梅棹のほか丸山眞男（第一〇位）だけである。ちなみに、全四八位（ベスト六七冊）のなかには『街道をゆく』、『竜馬がゆく』の司馬の両作品がふくまれている。いずれにしても、このアンケート結果から司馬と梅棹の作品へのたかい評価をよみとることは可能であろう。それだけ、ふたりの社会への影響力が強かったともいえる。

もちろん、この『文藝春秋』編集部によるアンケートが絶対的な評価の根拠をしめしているわけではない。評価母体となったアンケート対象者は明示されていないが、年齢、職業、性別などにおいてかなりなかたよりのあることは明確である。圧倒的に年配の男性回答者のおおいことが、明瞭にあらわれでている。それでも、このアンケート結果がひとつの傾向を反映していることはたしかであろう。それは、司馬、梅棹による作品が社会にひろくうけいれられているという事実である。つまり、時代の子であったということだ。

梅棹、司馬の作品は、時代の子の産物であるとともに、時代をこえたものになりうる可能性を内包している。作品としての長命性をささえているもっともおおきい基層部分は、作者としての両者がひとつのイデオロギーの束縛からの自由性を確保しているところにあるといってよいだろう。イデオロギーフリーという要素が、時代をこえて読みつがれてゆく根拠となっているわけである。

順位	得票	著者	書名	現在の出版元
1	32	司馬遼太郎	『坂の上の雲』'69～'72	文春文庫
2	22	西田幾太郎	『善の研究』'11	岩波文庫
3	20	夏目漱石	『吾輩は猫である』'05	各社
4	17	梅棹忠夫	『文明の生態史観』'57	中公文庫
5	16	島崎藤村	『夜明け前』'32	岩波文庫
6	14	九鬼周造	『「いき」の構造』'30	岩波文庫
		永井荷風	『断腸亭日乗』'17～'59	岩波文庫
8	12	吉川英治	『宮本武蔵』'36～'39	講談社文庫
		和辻哲郎	『風土』'35	岩波文庫
10	11	夏目漱石	『坊っちゃん』'06	各社
		丸山眞男	『現代政治の思想と行動』'56	未來社
		宮沢賢治	『銀河鉄道の夜』'33	各社
		森鷗外	『澀江抽斎』'23	中公文庫

表1　文藝春秋編集部編「二十世紀図書館　日本の本　ベスト67」『文藝春秋』1998年8月号、294～295頁の表を簡略化して作成。

　イデオロギーフリーという立場を、梅棹はみずからの言葉でつぎのようにかたっている。

「……彼（司馬）はまったくイデ

オロギーフリーですから。それで、彼を礼賛する人も批判する人もそこが問題になるんでしょうね。イデオロギーがないということが。……」

「そういう点では、私と波長があう。私がそうなんです。イデオロギーフリーですから。私は戦後日本の知識人としては、マルキシズムに全然かぶれなかったという点でかなり少数派でしょう。彼もそうなんです。……」

「……マルキシズム自体をひとつの歴史的現象として非常にクールに見ている。歴史のひとこまとして見ている。自分はその中に入らない(5)」

司馬自身も、イデオロギーフリーの根拠をはげしい口ぶりでかたっている。

「右にせよ左にせよ、六十年以上もこの世に生きていますと、イデオロギーというものにはうんざりしました。イデオロギーを、日本訳すれば、〝正義の体系〟といってよいでしょう。イデオロギーにおける正義というのは、かならずその中心の核にあたるところに『絶対のうそ』があります。キリスト教では唯一神のことを大文字でGodと書きます。絶対であるところのGod。絶対だから大文字であるとすれば、イデオロギーにおける正義も、絶対であるために大文字で書かねばなりません。頭文字を大文字でFictionと書かねばなりません。ここで、ついでながら、「絶対」というのは「在ル」とか「無イ」とかを超越したある種の観念ということです。極楽はあるか。地理的にどこにある、アフリカにあるのか、それとも火星か水星のあたりにあるのか。これは相対的な考え方です。「在ル」とか「無イ」とかを超えたものが、〝絶対〟というものですが、そんなものがこの世にあるでしょうか。

ありもしない絶対を、論理と修辞でもって、糸巻きのようにグルグル巻きにしたものがイデオロギー、つまり〝正義の体系〟というものです。イデオロギーは、それが過ぎ去ると、古新聞よりも無価値になります。ウソである証拠です(6)」

司馬自身は、イデオロギーフリーの立場を「裸眼で」と表現している。セザンヌなどの画論からの束縛を脱すると同時に、絵をたのしむことが可能になり、みずからの創作活動がはじまったのである。裸眼で事実と対峙するなかで、司馬の新しい歴史の風景の発見への旅が開始された(7)。

裸眼やイデオロギーフリーの立場で知的活動を持続するためには、強靭な知的力が必要である。あらゆる権威の束縛から精神を自由にときはなつと同時に、あらゆる情報を吸収する精神のしなやかさを保持してゆかなければならない。これは、至難の技といえる。梅棹と司馬の仕事は、この至難の技にいどんで成功の果実をもぎとりえた数すくない事例のひとつといってよいだろう。それだからこそ、時代の子であると同時に、時代をこえる作品をのこすことが可能になったのである。

旅の効用

裸眼で事実に対峙するためには、みずからの足であるき、みずからの眼でみ、みずからの頭でかんがえる基盤がなければならない。旅の効用は、まさにこの基盤つくりにおいて威力を発揮するものである。もちろん、事実を確認する過程では、資料を渉猟し、万巻の書にあたらなければならない。とうぜんのことながら、裸眼でフィールドと書物の世界を自在にかけめぐることが独自の思索を構築する王道である。この王道は、地道な構築作業のつみかさねのうえにしかひらけてこない。梅棹も司馬も、この地道な王道を着実にあゆんできたわけである。

梅棹も司馬も、じつによく旅をした。その旅の形態は、多様である。取材旅行からフィールドワーク（現地調査）、講演旅行までさまざまなかたちがみられる。旅の期間も、長短いろいろだ。とうぜん、ふたりの旅のスタイルにはちがいもふくまれている。それでいながら、ふたりの多様な形態の旅に共通しているこことがある。それは、旅が発見の糸口になっている点である。それは、仮説構築のための糸口といいかえることも可能だ。

梅棹の足跡は、南極大陸をのぞく世界のすべての大陸におよんでいる。全著作集二二巻（中央公論社、一九八九〜一九九三）の九割以上の文章が、世界の諸地域をカバーした梅棹の旅と直接的、間接的にかかわったかたちで生みだされたものである。旅と学問的生産力の密接な相関関係が、この事実からだけでもあきらかといえる。さまざまなかたちの旅がなければ、梅棹の膨大な学問的営為の構築はありえなかったのである。

梅棹は旅のなかで思索をふかめていったが、けっして本を読まないわけではない。むしろ、常人以上の読書家である。それも、読みながしなどをしないおそろしく効率的な読書家だ。梅棹の読書の目的は、明快である。それは、本にかかれていないことを見いだし、確認するための読書である。とうぜん、旅と本は両輪となって機能しているのだ。一九八六年に視力をうしなって以後も、カセット・テープによる読書を持続している。

司馬の膨大な作品群も、旅との相関率がきわめてたかい。『竜馬がゆく』、『坂の上の雲』、『翔ぶが如く』、『菜の花の沖』などすべての長篇作品は、いずれも密度のたかい取材旅行のうえに組みたてられたことは周知の事実である。それに、綿密な資料考証がともなっていたこともよく知られている。

一九七一年から四半世紀以上にわたって『週刊朝日』に連載された「街道をゆく」シリーズは、旅そのものから生みだされた作品である。

「街道をゆく」シリーズの持続力は、驚異的ともいえる。旅の表現形としても、「街道をゆく」はあきらかに独得なものをつくりあげた。それは、時空の枠を自在にこえてゆききする叙述スタイルである。旅を糸口にしながら、思索の軌跡を自在に表現する手法ともいえる。一読して司馬の表現形以外にはありえないとおもわせる文体とあいまって、「街道をゆく」は独自の領域を切りひらいた実例となった。

司馬の旅の足跡は、梅棹のそれに比較するとせまい範囲に限定されている。南アジア、中東、アフリカ、ラテンアメリカなどに、司馬は足をのばすことはなかった。もっとも、それ以外の地域には何度か足をはこんでいるし、日本のなかをあるいた密度はたいへん濃いものがある。

一九七〇年代末に、司馬自身からバスク、アイルランド、ハンガリーにはぜひゆきたいという言葉をきいたことがある。この時点で、司馬が足をのばしていた地域は、中国、韓国、モンゴル、ベトナム、オーストラリア、ヨーロッパなどであった。いつごろからバスク、アイルランド、ハンガリーへの旅をかんがえはじめたのかつまびらかではないが、かなり焦点をしぼった興味がこの三つの地域の選択にはたらいていたことはたしかである。バスクには一九八二年、アイルランドには一九八七年にでかけているが、ハンガリーゆきは実現しなかった。

司馬の旅は、基本的には事前に資料を通して構築した世界に現地の風をいれる作業であった。現地の風がはいることによって、構築された世界が生気をおび躍動をはじめる。現地の人びとの声や運転手との会話、同行者のうごきがくわわることで、構築された世界に臨場感がそそぎこまれる。あらかじめ感応の心がまえの用意のできた読者は、この世界にたやすくはいりこんでゆく。はいりこんでゆけば、司馬の提示した世界をじゅうにぶんにたのしむことが可能になる。

旅の効用は、かぎりなくおおきい。旅は、場合によっては汲めどもつきない泉になりうる。梅棹も司馬も、この泉をほりあてたわけである。ふたりの場合は、これにくわえてほりあてた泉の風景をじゅうぶんに表現しうる能力をそなえていた。ふたりの非凡さは、ここに発しているといえる。

交点とベクトル

梅棹（一九二〇年生れ）と司馬（一九二三年生れ）は三歳の年齢差はあるが、ほぼ同時代をあゆんできたといえる。同時代をあゆんできたことから共有する要素も多少あるが、とうぜん相異する部分もおおい。生地が京都（梅棹）と大阪（司馬）という関西、生家が下駄屋（梅棹）と開業薬剤師（司馬）という町家、大正世代などを、共有する要素としてあげることは可能であろう。さらに、ふたりとも一九四三年に兵庫県加古川にあった中部第四九部隊に戦車兵としての入営命令をうけとったことも共有の要素といえる。梅棹は大学院特別研究生として入営延期の措置をうけ、司馬は同年一二月に幹部候補生として入営した。この時点で、両者の軌跡がまじわることはなかった。

戦時中、司馬は大阪外国語学校蒙古語科に入学（一九四二年）、卒業（一九四四年）している。モンゴル語をまなんだのである。梅棹は、一九四四年に張家口市にあった蒙古善隣協会西北研究所に嘱託として着任した。ここで、民族学者としての出発点になったモンゴル研究に没入する。モンゴルへのかかわりという共有の要素をもちながらも、ここでも両者のであいは生じていない。

戦後、司馬は新聞記者となり、数年間京都大学を担当した。一九四六年には、梅棹は京都帝国大学理学部大学院に再入学している。ほぼ同時期に京大キャンパスの空間を共有していたわけだが、両者がしりあうきっかけはなかった。その後、梅棹は研究者、司馬は小説家としての道をそれぞれあゆむことになる。

小説と学術論文という表現形式のちがいはありながら、梅棹と司馬の知的好奇心の対象がかさなりあう交点がいくつかあった。その交点のひとつが、日本研究であり、日本とは何かということである。

司馬自身、戦車兵としてまきこまれた日本帝国の発狂状況を歴史的に位置づけるために思索と創作を持続してきた、という発言をおこなっている。それを、「二十二歳の自分への手紙」と表現した。いうまでもなく、二二歳のとき司馬は終戦をむかえたのである。もちろん、すべての司馬の作品がこの証言にあるような契機にもとづいて生みだされたわけではないだろう。それでも、この契機が司馬の創作活動の原動力のひとつとなったのはたしかである。それは、日本史の古代と現代のあいだを往復する膨大な作品群や発言集の集積に如実にあらわれている。文藝春秋刊の『司馬遼太郎全集』六七巻のなかで、日本史にかかわる作品は九割以上をしめる。司馬の日本史を掘りおこす作業が、常人の業をこえていたことがここからもあきらかである。

司馬の初期の作品には、短篇のしめる割合がおおい。これらの短篇では、戦国から幕末までさまざまな時代に生きる人物を題材にえらんでいる。そこに登場する人物も多様で、忍者や大坂侍、泥棒、バスク人の剣客、草莽の志士などひろい領域にわたる。『竜馬がゆく』の執筆をはじめた一九六二年ころから、長篇作品が圧倒的におおくなってくる。そこから一呼吸おいて、『歴史を紀行する』(文藝春秋、一九六九年二月)などをはじめとするエッセー集が数おおく執筆される。このながれは、「街道をゆく」シリーズをあわせて太い潮流となった。こうした経緯を通観すると、司馬の表現形式が時をへるごとに多様化してゆくのが明瞭にうかびあがってくる。

表現形式の多様化は、とうぜんとりあつかう内容に対応したものである。内容も多様化したわけである。多様化した内容のなかでもっともおおきな部分は、叙述の対象のスケールがどんどんおおきくなっていったところである。日本史のなかの個人をえがくことから、個人をえがくことで日本をとらえる方向性がつけくわわってきた。それは、さらに日本を世界のなかに位置づける作業へと展開してゆく。ここで、司馬は文明の問題に直面する。

司馬のなかで、日本を世界のなかに位置づける作業に直接むかいあったのは『坂の上の雲』の執筆を通じてではなかったろうか。日露戦争のなかのロシアをとらえるためにも、日本の世界のなかでの位置づけが必要だったといえる。『坂の上の雲』の執筆中、一九七一年五月に韓国に取材旅行をおこなっている。司馬四八歳のときである。これ以後、活発な海外取材が展開していった。そこでは、つねに日本の世界での位置づけのテーマがついてまわっている。

梅棹の日本研究への興味は、はやくから芽ばえていた。一九六〇年一二月には、『日本探検』(中央公論社)を出版している。日本研究の興味は、この著作の出版以前からあった。一九五七年『中央公論』

二月号に発表した「文明の生態史観序説」は、日本文明の世界での位置づけの全体像をしめしたものである。『日本探検』以降の梅棹による日本研究の諸作品は、この全体像の細部の輪郭を明確にしてゆく構築物であったといえる。

梅棹と司馬との重要な交点のひとつは、さきにものべたように日本研究であった。ふたりとも、ほぼ同時期に日本研究の作業に着手している。ほとんど同時代的な活動といってよいだろう。しかし、そのベクトルはまったく逆である。梅棹の場合、日本文明の世界での位置づけという全体像をまずえがいてから、そこにふくまれる個別的な細部を肉づけする方向をとっている。逆に、司馬の場合、日本史のなかの個をえがく作業のつみかさねのうえで、日本文明の世界での位置づけという全体像をさぐってゆく道をあゆんだ。簡略化していえば、梅棹は全体像から個別へ、司馬は個別から全体像へ、という興味の展開の方向性がつよくはたらいているということである。もちろん、ふたりのなかで、テーマによってはそれぞれ逆の方向の思索の道もたどっている。重要なことは、梅棹も司馬も、方向性はちがっても、全体像をみようとする努力をしているところである。

梅棹と司馬のひとつの交点である日本研究への接近の方向が逆になっている背景には、とうぜんさまざまな要素がかかわっているだろう。認識のしかたのちがい、思索の方法のちがい、それぞれの生きてきた軌跡のちがいなどが、その背景の要素としてかんがえられる。それらのなかからあえて重要な要素をひとつとりあげるとすれば、フィールドワーク（現地調査）の経歴の差ということがあるかもしれない。梅棹の場合、若くから白頭山や樺太、ミクロネシア、大興安嶺、内モンゴル、アフガニスタンなどの諸地域をあるいて、日本を外在化する時間をおおくもったからである。司馬の場合、内的な思考実験や兵隊時の経験をべつとして、現地に身をおいて日本を外在化する作業に身をもって手をつけはじめたのは、四〇歳代末からになっている。

なぜ民族問題か

民族問題は、燃えさかる燎原の火のようである。ひとつの場所でにわかに火勢がさかんになる一方で、すさまじい勢いでひろい範囲を火がなめてゆく。いったんおさまったかにみえた炎が、おもいがけない場所から突然ふきだしてくる。現在、地球上のさまざまな地域で噴出している民族問題を眼前にしていると、ついついこのような連想が頭にうかんでくる。

世界的規模の民族問題のむつかしさについて、梅棹と司馬ははやくから発言をはじめていた。本書に収録されている一九八三年の対談は、その一例である。この対談のなかで、民族問題にかかわる本質的な部分について的確な指摘がおこなわれている。

対談がおこなわれた一九八三年当時、アフガン戦争が泥沼化し、ソ連邦の屋台骨がきしみをみせはじめた時期である。アフガン戦争は、一九七九年一二月末、アフガニスタン内の勢力あらそいにソ連軍が介入するかたちではじまった。戦乱は、ウズベク、ハザラ、パシュトゥーンなど民族単位の軍事勢力を生みだし、それが相互にあらそう図式となった。このあらそいの図式は、ソ連軍が撤退したあと以前にまして激化する。さらに、イスラーム主義を背景とするタリバーン勢力の抬頭がくわわり、現在も内乱状態が継続している。

アフガン戦争は、アフガニスタン内部の民族問題に火をつけただけでなく、世界の民族問題の噴出の引き金のひとつとなった。直接的には、アフガン戦争による経済的負担と秩序の混乱が、ソ連邦解体の重要な端緒を生みだしている。ソ連邦の解体と前後して、旧社会主義圏で民族問題がはげしくふきだしてきた。社会主義というイデオロギーが普遍的な原理としての機能を喪失した途端、個別的な価値観にもとづいた主張が前面にとびだしてきたのである。

個別的な価値観にもとづいた主張は、文化の核心を構成する。民族のアイデンティティは、文化の核心と不即不離の関係にある。したがって、民族という認識は価値観にもとづいた主張とかさなりあいながら形成される。この個別的な価値観は、とうぜんながら合理性とかかわりのない情緒系のうえにかたちづくられるものである。これは、他の民族との差異化の根拠としてつかわれ、いくらでも細分化してゆく性質をもつ。錯綜した民族問題がさらにこじれはじめると、解決の糸口をみいだすことが不可能になるのは、民族という存在が情緒系のうえに立脚しているためだ。絶望的ともいえるユーゴ内戦は、その典型的な一例であった。

アフガン戦争のなかで生まれてきたもののひとつとして、アフガン部隊とかアラブ・アフガン部隊とよばれる武装勢力がある。これは、アフガン戦争のとき、アラブやトルコなどイスラーム諸地域から義勇兵として参加してきた戦士たちの集団だ。この武装勢力が、ユーゴ内戦やチェチェン戦争、グルジヤ・アブハジア問題などイスラームにかかわる問題に介入している。同時に、この武装勢力がイスラームのなかのひとつのネットワークの核として機能をはじめている。ここでは、イスラームの正義が前面におしだされる。

民族問題がすぐに泥沼化しやすいのは、それぞれが正義の主張を正面にかかげてぶつかりあうためである。正義の主張には、おりあい点をみつけることが困難だ。民族問題のやっかいさは、ここにある。

梅棹と司馬の対談にあるように、民族問題が二一世紀の世界的問題のひとつとなることは確実といえる。現在、地球上をうごいているのは、大同と小異への方向の同時的ながれである。EUのような大規模な地域共同体が現実化する一方では、ブルターニュやカタロニア、バスクなどの単位でのまとまりを主張するうごきが活発化している。ユーゴスラビア連邦では、解体後もさらに細分化の傾向がつづいている。同時に、南西ヨーロッパとしてのまとまりを模索するうごきもみられる。ソ連邦の解体後、広域的なまとまりとして成立したロシア連邦のなかでは、チェチェンをはじめとする連邦からの分離・独立をもとめるながれが強く持続している。

こうしたながれのなかで、民族問題を解決する手段をみいだすことは可能であろうか。この問題を、武力の使用だけで解決するのは不可能であることは、あきらかだといってよい。武力の使用によって、相互的に感情のもつれがさらに倍加するためである。それでは、どうしたらよいのか。おそらく、即効的な対応策はない。唯一の解決へむかう糸口は、相互的に冷静な状況認識が共有されるとき、はじめてみつける可能性がでてくるであろう。個別的な価値観や主張する正義の位置を、相互的に確認しあう作業が不可欠なのである。そのためには、冷静な歴史認識をうみだす共同作業が必要だ。こうした作業を円滑にすすめることができるように、さまざまな判断材料を提供しうるツールをつくってゆかなければならない。さしあたって実行できるのは、こうした地道なツールづくりの作業であろう。冷静な認識につながりうる多様なツールが必要だ。

『世界民族問題事典』（梅棹忠夫監修、松原正毅編集代表、平凡社、一九九五年九月）は、民族問題について冷静な判断をするための材料を提供する目的で編集された事典である。この事典の内容を紹介するパンフレットに、司馬は「諸民族の楽しさ」と題する文章をよせている。民族問題をかんがえるうえで、たいへん示唆的なものをふくんでいるので、内容見本からその文章を引用しておく。

「人間を知るということは、民族を知るということである。なぜなら、人間が、かれが属する民族の姿を、有形無形にとることなしに、他者の前に立つことは、まずない。

もっともその人がクシャミをすれば、普遍的な生物的存在にもどる。ただその唐突な現象のあと、相手に詫びるか、その知らぬ顔でいるかの場面になると、その人の文化の型がうっすらとあらわれる。むろん、思考法にまで根ざす濃厚な文化もある。それを知らずにいると、こちらの生死にまでかかわることがありうる。知っていれば、人間というのはこうも楽しい存在だったかと思い知らされるはずである。

そのことでの基本的な事典が、はじめて出た。もう十年前に出ていれば、私はもっとこの世を楽しめたろう」

日本論の方向

梅棹と司馬は、それぞれ日本論、日本文明論、日本人論などにかかわる膨大な作品を公刊している。本書に収録された対談は、それらの作品群全体のごく一部をしめるにすぎない。これらの作品群に共通しているのは、いずれも現地調査にもとづいて生みだされているところである。イデオロギーや観念にもとづいて構築された作品群ではない点が、重要といえる。むしろ、すべての作品は、そうした束縛からの自由性をたもったうえでの思索活動の成果なのである。

現場主義にもとづいた思索活動は、それぞれ独自の領域をきりひらき、あたらしい知見をもたらしている。それは、手あかにまみれた日本論のくりかえしとは位相を異にするあたらしい風景の発見であったからだ。梅棹と司馬の作品群が時代をこえて読みつがれる根拠は、あたらしい風景の発見にいたる過程を共有する快感にある。目からうろこが落ちるときの心地よさといってよいかもしれない。

現場主義、現地研究に立脚した思索活動から生みだされた作品群は、強い臨場感をもたらす。梅棹と司馬の作品群のはなつ磁力は、現在的課題への強い関心と緊張感が背景に埋めこまれているところから発している。民族問題への発言、司馬の土地問題への発言、ふたりの文化行政への参入などは、現在的課題への緊張感の直接的な表現とみてとることも可能であろう。本書に収録されている「日本は無思想時代の先兵」という対談も、こうした文脈のなかでの作品のひとつといえる。

「日本は無思想時代の先兵」は、一九七〇年一月号の『文藝春秋』に掲載された。おたがいに面識をえたあとまもなく設定された対談であった。対談そのものは、一九六九年一一月におこなわれている。「司馬遼太郎対談」という連載企画の第一回として、この対談が組まれた。司馬が、連載冒頭のゲストとして梅棹を指名したのであろう。対談のおこなわれた時点は、一九六八年秋ころから全国にひろがった全共闘を中心にした大学闘争の波がばらばらに砕けはじめたころであった。

こうした時代の波を背景にしながら、時代の刻印をうけた部分と時代を超越した部分が微妙に交錯しながら対話が進行している。この微妙な交錯のブレンドが、年月をこえて対話の生命をたもつ源となっているようだ。文字を追うなかで、たゆたゆとした知的遊戯者の懐のふかい思索のやりとりを、眼前にみるおもいがする。ここには、まさに知の饗宴というおもむきがある。

対談の冒頭で、大学がとりあげられている。ところが、当時の大学の混乱についての言及はひとこともない。大学のなかの一部では大学解体のスローガンがさかんにさけばれていたのだが、対談のなかでは「大学の数は多ければおおいほどいい」という話題が悠々とした口調でかたられている。対談のおこなわれた時点から三〇年以上をへた現在、当時の情勢をあいだにはさんだこのコントラストは絶妙ともいえる。ここで提案されている「国民総大学出」という方向性は、国立大学の独立行政法人化へのうごきが加速化している現時点でも、再考してみる価値があるだろう。

大学論にひきつづいた話題のなかで、日本の現在的位置づけがこころみられている。現在の日本を、司馬の表現では無階級社会、梅棹の表現では無層社会、とする。ふたりとも、人類史のなかではじめて日本において無層社会（無階級社会）が出現したという点で一致した意見を表明している。これは、司馬と梅棹の日本をめぐる文明論がひとつの交点をむすんだ瞬間といってよいだろう。

世界の先兵として無層社会に突入した日本のその後の展開は、どうであったか。一九七〇年代、八〇年代、九〇年代の歴史をへてきた現在、世界の先兵としての軌跡がいくぶんふらついたものであったことが明瞭にうかびあがってくる。バブルに狂乱し、土地投機に目を血ばしらせる時代をあゆんできたのである。自己規制、抑制をかなぐりすて、金もうけ欲につきうごかされて右往左往する狂態を経験してきた。晩年の司馬が、土地公有制を主張し、「日本人は志を喪失したのではないか」と身をもむように警鐘を発しつづけたのは、無層社会の軌跡のふらつきを危惧したからであった。

二一世紀をまぢかにした現在でも、無層社会日本の軌跡のふらつきは修正されたわけではない。部分によっては、ふらつきが増幅しているところもある。その一例として、少年による犯罪の質的変化をあげうるだろう。少年による犯罪の質的変化は、日本社会に内在する自己規制の原理のゆらぎを反映したものといえる。この軌跡のふらつきを修正するには、弥縫的な対応策ではふじゅうぶんなことはあきらかだ。まず第一に必要なのは、現在の歴史的位置を確認しなおす作業であろう。無層社会の内実を、じゅうぶんにみきわめる必要がある。その意味では、梅棹と司馬の対談でしめされた地平から出発しなおさなければならない。

「日本は無思想時代の先兵」の対談のなかには、将来への予測がいくつかちりばめられている。その予測がみごとにあたった例のひとつが、情報革命のなかで「才能のある非帰属遊戯者が沢山でてくる」という予測である。現在、ＩＴ（情報技術）革命の加速的進行のなかで、会社などの組織に帰属しないフリーターたちの増加や気がるにベンチャービジネスをたちあげる若者たちの増加を目のあたりにしている。この予測の的中は、司馬・梅棹というふたりの歴史の目利きの存在感を、あらためてうかびあがらせるものといえる。

いままさに、さまざまな知的遊戯が自在に増殖する世界が、現出しようとしているのだ。この世界をたのしむためには、一方で現在的事象を直視し、把握する緊張感を保持しつづけなければならない。現実とバーチャルな世界を自在にゆききできる精神的強靱さを身につける必要がある。バーチャルな世界だけに一方的にひきずりこまれてはならない。あかるい未来の背後には、かならず深淵がひそんでいる。

いずれにしても、二一世紀にはさまざまな困難がまちうけていることは、確実であろう。

語りのこしたことなど

梅棹と司馬の対話の続編は、もうあらわれることはない。残念なことといえる。梅棹と司馬のふたりに論じてもらうべきテーマは、いくつもあったはずである。ふたりの興味のかさなりあう領域が、数おおくあったからだ。モンゴル、中国、バスク、遊牧論、文明論、日本語論、文体論などが、そこにふくまれるであろう。そのほかにも、女性論や宗教論、歴史論なども、テーマの対象となりうる。

これら数おおくのテーマのなかで、もっとも論じてほしかったのは文体論であろう。司馬も梅棹も、すぐれた文章表現者であると同時に、人の倍以上に日本語表現の方法や文体論に強い関心をいだいているからである。それについて、いろいろな場で積極的な発言もおこなっている。

司馬の文章は、著者名をみなくても一見してかれの文章とわかる文体をそなえている。とくに、長篇小説や紀行、エッセーの類ではそれが顕著である。土着のものを底ざらいをするかのように汲みあげるため、日本語のもつ表現力を目いっぱいひろげた結果のようにみえる。そこにちりばめられているのは、イメージ喚起力をそなえた漢語の駆使と意表をつくレトリックの組みあわせである。ここから、司馬の文体の独自性が生みだされている。

司馬は、「共通文章日本語の成立」においてはたした夏目漱石や正岡子規の役割のおおきさを繰りかえし指摘している。文章日本語の成立について、つぎのような司馬の発言がある。

「文章というものは社会が成立して（日本でいうと明治維新があたらしい社会を成立させて）百年もたつと、たれが書いても似かよったものになる」

「文章（スタイルといってもいい）というものは、社会的には共通性への指向をもっている。四捨五入した言い方でいえば、一つの社会が成熟するとともに、文章は社会に共有されるようになって、たがいに似かよう(8)」

文章表現者としての司馬の努力は、普遍性をふまえたうえで独自性をもりこむことにむけられていたのであろう。この背景には、新聞記者と作家の絶妙な融合があったのかもしれない。

梅棹の文章は、平明である。文章は平明でなければならない、という強い主張ももっている。その意味では、梅棹の文章は普遍性への強い指向をもつものといえる。もちろん、これは研究者としての出発点が動物生態学の論文執筆にあることと無関係ではない。いわゆる科学論文では、平明な記述がつねに要求される。

普遍性を指向する梅棹の文章は、基本的に短文から構成されている。情報を的確に伝達する目的のため、贅肉を極度にそぎおとした文体になっている。これは、戦闘的なローマ字論者としての主張が背後にあるからだ。それでいて、そこでつかわれているレトリックはかなり華麗である。華麗なレトリックの代表的な例は「情報産業論」にみられる。ここでは、内胚葉、中胚葉、外胚葉という発生学的概念を人類の産業進化史に適用する手法をつかった(9)。

梅棹と司馬の文体は、普遍性への指向という点で対比的といえる。一方では、独自な発想、仮説構築、効果的なレトリックの使用など、ふたりの文章に共通する要素もおおい。これらの要素は、時代をこえてよみつがれる作品に不可欠なものである。

卓抜な文章表現者としての梅棹と司馬は、同時に座談の名手である。梅棹、司馬との対話には、つねに知的こころよさがともなう。どういう話題であっても、話おえたあとも知的こころよさの余韻がのこる。本書に収録された座談の名手どうしの対話にも、行間から知的こころよさの片鱗をうかがうことは可能であろう。じっさいの会話では、上方ことばが大量にまじりあうので、話のたのしさは倍加する。残念ながら、紙上ではこの話のたのしさを完全に再現することはできない。もっとも残念なのは、司馬の話芸を直接たのしむ機会が永久にうしなわれてしまったことである。

梅棹と司馬の対談から構成された本書は、同時代を生きた独自な眼をもつ思索者の交点を明示する記録として重要な意味がある。今後、この交点の意味と行間にひそむメッセージをさまざまな視点から読みとくことが必要になってくるであろう。そこから、あたらしい風景の探索がはじまるからだ。

注
（1） 梅棹忠夫「日本史のしくみ――変革と情報の史観」『日本研究』「梅棹忠夫著作集」第七巻、中央公論社、一九九〇年八月、三六九頁
なお、本文中では、すべて敬称を省略させていただいた。
（2） 夕刊フジ編『司馬遼太郎さんと私　司馬遼太郎の「遺言」』産経新聞ニュースサービス、一九九七年二月、一一四頁
（3） 夕刊フジ編、前掲書、一二〇―一二一頁
ここに引用した文章のなかでしめされた会合の日時については、梅棹自身の記憶も明確ではない。当時の手帳などにも記録がのこっていないため、会合の日時を確定できなかった。梅棹自身

の話によれば、一九七〇年、万国博覧会開催中のことであった可能性が強いという。もしそうであれば、宮沢、木村の役職名はちがってくるが、ここでは原文どおりにしておいた。
（4）司馬遼太郎「桑原武夫氏のこと」『古往今来』日本書籍、一九八一年六月、二二三頁
（5）夕刊フジ編、前掲書、一一六―一一七頁
（6）司馬遼太郎『「明治」という国家』日本放送出版協会、一九八九年九月、七―八頁
（7）司馬遼太郎における「裸眼で」という主張の重要性は、つぎの文章で論じた。
松原正毅「裸眼の思索者」『司馬遼太郎の跫音』（司馬遼太郎他）中公文庫、一九九八年一月、一二三―一五一頁
（8）司馬遼太郎「言語についての感想」『司馬遼太郎の世界』（文藝春秋編）「文藝春秋五月臨時増刊号」、文藝春秋、一九九六年四月、一四三頁
（9）梅棹忠夫「情報の文明学」『情報と文明』「梅棹忠夫著作集」第一四巻、中央公論社、一九九一年八月、二三―四二頁

新装版解説

知の奔流のなかで

松原正毅

梅棹忠夫編著『日本の未来へ——司馬遼太郎との対話』(NHK出版、二〇〇〇年六月)の刊行から、二〇年の歳月がすぎた。本書は、梅棹忠夫と司馬遼太郎との対談の記録を中心にまとめられている。梅棹と司馬の交流は、深くながいものであった。残念ながら、文字記録としてのこされた対談は本書に収録した作品にかぎられている。この対談の行間から、お二人のたゆたゆとした会話の様子がうかびあがってくる。その意味でも、本書は貴重な出版物といえる。

厖大な作品群

二〇一〇年七月三日、梅棹忠夫は他界した。享年九〇である。司馬遼太郎は、一九九六年二月一二日に逝去している。七二歳であった。

身ぢかなところでお二人に接する機会のおおかったわたしにとって、共有した時間のほとんどは知の奔流のなかにあるようなおもいのするものであった。多岐にわたる話題が、あふれるように湧きでてくるからである。あたかも、涸れることのない知の泉を目のまえにしているようであった。いずれのときも、至福の時間であったといえる。

梅棹は、「梅棹忠夫著作集」全二二巻、別巻一(中央公論社)をだしている。この著作集には、生涯にわたる全著作の約七割がおさめられているだけだ。司馬には、「司馬遼太郎全集」六八巻(文藝春秋)がある。司馬の没後、「司馬遼太郎短篇全集」一二巻(文藝春秋)、「司馬遼太郎が考えたこと」(新潮社)一五巻などが刊行されている。研究者と作家という領域のちがいはあるが、お二人とも厖大な作品群を生涯をかけて生みだしたといえる。個人として極限ともいえる作品群の産出であった。

梅棹と司馬の作品群は、量だけでなく質においても卓抜で独自な位置をしめている。梅棹の著作のおおくは、強い衝撃を社会にあたえてきた。「文明の生態史観」や「情報産業論」、「妻無用論」などがもたらした影響は、発表から現在にいたるまでひろいひろがりをもちつづけている。それは、梅棹がみずからの著作を通じて、既成の枠ぐみのなかではとらえきれなかった新しい風景の発見をおこなっているからである。

司馬の作品群のおおくも、新しい風景の発見をともなったものである。司馬の全作品を通じていえるのは、ある時代に生きた人物の人生と人間性を徹底してとらえようとする姿勢である。司馬自身、みずからの言葉で歴史のとらえかたについてつぎのように明快に表現している。それは、「歴史とはなんでしょう、と聞かれるとき、〝それは、大きな世界です。かつて存在した何億という人生がそこにつめこまれている世界なのです〟と、答えることにしている」(「二十一世紀に生きる君たちへ」)ということである。

司馬は、けっして固定した歴史観にもとづいて小説をかいたのではない。むしろ、固定した歴史観の枠ぐみにとらわれない視点から多様な人物の人生を描こうとしたのである。その意味では、世間でよくつかわれる「司馬史観」という表現はもっとも不適切なものといえる。司馬は、ひとりの人物の人生を描きだすことを通じて、その人が生きた時代の空気をたくみにうかびあがらせる手法をつねにとっている。

梅棹も司馬も、こうした厖大な作品群を構築する一方で、多彩な社会的活動をおこなっている。梅棹の場合は国立民族学博物館の創設と育成、司馬の場合は独自性をもった歴史小説の世界の開拓と確立を、それぞれの代表的な活動のひとつとしてあげることが可能であろう。こうした社会的活動の細部は、時のながれのなかで風化してきえてゆくかもしれない。しかし、梅棹と司馬ののこした厖大な作品群は、けっして風化することはない。それぞれが構築した作品群は、いまや巨大な山脈を形成しているからである。

持続力、越境力、発見力

梅棹の学問世界をささえていたのは、持続力、越境力、発見力の三つの要素であった。複数のテーマを長期間にわたって同時並行的に追究する持続力、専門の壁や既成の枠をかるがるとこえてゆく越境力、いままで見えなかった事象を明示する発見力は、梅棹の旺盛な学問的活動を維持し、ゆたかな成果をもたらした原動力になっている。

司馬の場合も、活発な作家活動の基盤にあったのは、この持続力、越境力、発見力の三つの要素である。司馬は、ほぼ一生をかけて日本列島に去来したさまざまな時代の数おおくの人生を活写している。その持続力には、驚嘆すべきものがある。司馬の作家活動は、はじめから文壇などの枠をこえたかたちで展開した。司馬は、「私は、実作者にとって、文学という一般概念はなく、自分の文学があるだけだとおもっています」(「二十二歳の自分への手紙」)という言葉をのこしている。その越境力は、既存の学問世界をもはるかにつきぬけるものであった。

司馬の発見力によって、世にひろくしられるようになった人物は数おおい。その代表的な事例は、『竜馬がゆく』の坂本竜馬であり、『坂の上の雲』の秋山好古、秋山真之であった。司馬は、かならずしも既成の有名人をえらんで小説をかいたのではない。竜馬にしろ、好古、真之にしろ、司馬の手で描かれることによって、結果的に有名人になってしまったのである。

持続力、越境力、発見力の源泉には、つきることのない知的好奇心と徹底した思索があった。梅棹と司馬の知的好奇心の対象になった領域にすこしずれもみられるが、かさなっている部分もおおい。かさなっている部分は、人間そのものと人間の活動がもたらした諸事象である。梅棹自身は、「不条理な存在としての人間」にかぎりない興味をひかれて動物学から民族学への転身をはかったとかたっている。司馬は、さきにもふれたように、もともと人生の総体としての歴史に興味をいだいていた。

梅棹も司馬も、徹底した思索を生涯にわたって展開している。その思索は、強固な論理的構築物をめぐって深化するものである。徹底した思索の基盤には、現地にみずから足をふみいれる現地主義を前提とする姿勢がみられる。梅棹の場合は、フィールドワーク（現地調査）を通じてこれを具現化した。司馬の場合は、「裸眼で」すべての事象に対応しようとする姿勢を堅持している。

はてしなき流れ

梅棹と司馬が生みだした厖大な作品群は、じつに多様なメッセージを発している。それは、日常生活から知的活動の極致にいたるまで広範な領域をおおう。そのメッセージの根幹は、存在としての人間をめぐるものである。これは、多面性と多様性をもつ人間の活動によってもたらされる諸事象の把握と解釈にかかわっている。

これらのメッセージは、どのようにうけとめられるべきだろうか。とうぜん、梅棹や司馬がもたらした新しい風景をたのしみ、発見にいたるまでの過程を追体験するこころみをおこなわなければならない。厖大な作品群の体系を全体的にとらえ、それを位置づける作業も必要である。一方で、作品そのものを作品として享受することも許容されるであろう。

最終的にもっとも必要なのは、これらのメッセージのリレーである。そのリレーは、あとにつづく人たちへ単純にバトンをわたすだけのかたちではすまないであろう。メッセージのリレーが、新しい風景の発見につながらなければならないからである。思索の連鎖と深化が、不可欠といえる。これは、相当にハードルのたかい作業である。この作業そのものが、至難の業にちかい。それでも、この作業は必要であろう。

知の奔流は、どこへむかうのか。本来的に、知の奔流には明確な目的地はないのかもしれない。大事なのは、流れがとまらないことであろう。知の奔流は、はてしなき流れとなるべきなのである。はてしなき流れのはてに、はたしてなにがあるのか。これをつきとめるのは、不可能かもしれない。いずれにしても、知の奔流のなかにみずから身を投じてゆくしか道はないようだ。

【編者略歴】

梅棹忠夫（うめさお・ただお）

一九二〇（大正九）年、京都市生まれ。

一九四三（昭和一八）年、京都大学理学部卒業。一九四四（昭和一九）年から、モンゴル、アフガニスタン、東南アジア、アフリカ、ヨーロッパなどで、民族学的調査に従事。京都大学人文科学研究所教授、国立民族学博物館長、同館顧問、（財）千里文化財団会長。国立民族学博物館名誉教授、京都大学名誉教授。理学博士。朝日賞、国際交流基金賞などを受賞。文化功労者。文化勲章受章。

専攻は民族学、比較文明学。

著書に『モゴール族探検記』『東南アジア紀行』『サバンナの記録』『文明の生態史観』『知的生産の技術』『地球時代の日本人』『日本とは何か』『情報の文明学』『実戦・世界言語紀行』『世界史とわたし』『夜はまだあけぬか』『千里ぐらし』『裏がえしの自伝』『行為と妄想』など多数。「梅棹忠夫著作集」（全二二巻 別巻一）がある。

二〇一〇（平成二二）年七月三日死去。

【著者略歴】

司馬遼太郎（しば・りょうたろう）

一九二三（大正一二）年、大阪市生まれ。

一九四三（昭和一八）年、大阪外国語学校蒙古語科卒業。産経新聞大阪本社文化部長、出版局次長を経て退社。「ペルシャの幻術師」により講談倶楽部賞受賞。『梟の城』により直木賞受賞。以降、菊池寛賞、毎日芸術賞、吉川英治文学賞、日本芸術院賞（文芸部門）恩賜賞、読売文学賞、朝日賞、新潮日本文学大賞、NHK放送文化賞、読売文学賞随筆紀行賞、大仏次郎賞などを受賞。文化功労者。文化勲章受章。

一九九六（平成八）年二月一二日死去。
◆主な文化論・文明論に『手掘り日本史』『歴史の舞台』『人間の集団について』『アメリカ素描』『長安から北京へ』『微光のなかの宇宙』『風塵抄』（Ⅰ―Ⅱ）『春灯雑記』『この国のかたち』（一―六）『街道をゆく』（一―四三）などがある。

米山俊直（よねやま・としなお）

一九三〇（昭和五）年、奈良県に生まれる。三重大学農学部卒業。京都大学大学院修士課程修了後アメリカ・イリノイ大学人類学部研究助手・講師として文化変化の通文化的比較研究に参加し、文化人類学を学ぶ。帰国後、甲南大学助教授、京都大学助教授、同教授、放送大学教授、大手門大学学長。京都大学名誉教授。農学博士。

専攻は文化人類学。

著書『文化人類学の考え方』『日本人の仲間意識』『日本のむらの百年』『偏見の構造』（共著）『過疎社会』『祇園祭』『天神祭』『ザイール・ノート』『都市と祭りの人類学』『アフリカ農耕民の世界観』『アフリカ・ハンドブック』（共編著）『アフリカ学への招待』『新版　同時代の人類学』『クニオとクマグス』など。

二〇〇六（平成一八）年三月九日死去。

松原正毅（まつばら・まさたけ）

一九四二（昭和一七）年、広島市に生まれる。京都大学文学部卒業。京都大学大学院文学研究科修士課程修了。京都大学人文科学研究所講師、国立民族学博物館教授、同地域研究企画交流センター長、坂の上の雲ミュージアム館長を経て、現在、国立民族学博物館名誉教授。

専攻は社会人類学。

著書『遊牧の世界』（中央公論社）『トルコの人びと―語り継ぐ歴史のなかで』（ＮＨＫブックス５６４）『遙かなる揚子江源流』（共編）（日本放送出版協会）『青蔵紀行』（中央公論社）『遊牧民の肖像』（角川選書）『人類学とは何か』（編）（日本放送出版協会）『司馬遼太郎について』（共著）（日本放送出版協会）など。

新装版 日本の未来へ
司馬遼太郎との対話

二〇二〇年三月三一日 初版発行

編著者 梅棹忠夫
発行者 片岡敦
印刷製本 モリモト印刷株式会社
606-8204 京都市左京区田中下柳町八番地
発行所 株式会社 臨川書店
電話 (〇七五)七二一―七一一一
郵便振替 〇一〇七〇―二―八〇〇

落丁本・乱丁本はお取替えいたします
定価はカバーに表示してあります

ISBN 978-4-653-04398-0 C0036